にっこり、洋食

しい文藝

河出書房新社

おいしい文藝

にっこり、洋食

河出書房新社

にっこり、洋食　もくじ

にっこり、洋食

装幀・装画　野村浩

ポタージュと機械

江國香織

　ポタージュに目がない。

　コーンポタージュ、ビシソワーズ、グリンピースのポタージュ、の三つは輝かしい定番で、でも他にもいろいろな野菜で、ポタージュはつくれる。マッシュルームとかクレソンとか、にんじんとかかぼちゃとか。私が好きなのは、たとえばセロリのポタージュだ。夏はつめたくして、冬は温かくしてたべる。

　ポタージュのよさは、まず温度――温かいものはその温かさ、つめたいものはそのつめたさ――で、次に舌ざわり――なめらかすぎない、野菜の存在がわずかにざらっと感じられる――、そしてこっくりとまるい味わいだと思う。おいしいポタージュは、たべると全身の細胞にしみわたる感じがする。

静かなたべものだ（たべものには、静かなのと賑やかなのがある）。ポタージュは徹底的に静かで、私はそこが好きなのかもしれない。

　レストランにポタージュがあると、それがかぼちゃとかさつまいもとか甘味の強いものでない限り、私は間違いなく注文する。ポタージュをさしだされて、拒むことはできない。ときどき行くレストランでは、夏にはつめたいアボカドの、秋にはポルチーニの、冬にはカリフラワーの、ポタージュをだしてくれる。どれもほんとうに味わいが深く、でも複雑になりすぎず、素朴なのに端正で、端正さもいいポタージュの特徴だとわかる。そこはイタリア料理屋さんだけれど、私がその店に行くときのいちばんのたのしみは、パスタでもメインディッシュでもデザートでもなく、スープなのだ。

　我ながら情熱的にポタージュが好きなのだけれど、家では滅多につくらない。どうしても、どうしても、どうしてもポタージュがたべたくなったときにだけ、つくる。理由は単純で、豆や野菜をことこと煮込むミネストローネ系のスープと違って、ポタージュは裏ごしする必要があるからだ。裏ごしには、力が要る。それをすると私は疲労困憊《こんぱい》し、翌日たいてい発熱する。

　さらに。裏ごしをするとざるの網目にじゃがいもやグリンピースや、セロリの繊維がつぶれてくっつく。洗っても、なかなかとれない。

　ミキサーを買えばいいじゃないの、と、他人《ひと》は言う。自分でもそう思う。ミキサーがあれば、毎日でもポタージュがたべられる（！）のだから。でも、私は裏ごしとおなじくらい（違う。たぶんそれ以上に）、機械が苦手なのだ。

　機械が苦手、という人はたくさんいる。上手に使いこなせない、という人は。けれど私についていえば、使いこなせないだけじゃなく、機械がこわく、こわがるあまり、ほとんど憎悪している。その憎悪は機械にも伝わるらしく、彼らの方でも私を嫌っている。だからどんどん壊れる。仕事部屋の電話は何度買い替えても壊れるし、いまはパソコンも壊れている。壊れられると、私はますますこわくなる。こわがらされるというのは脅威であり、脅威を与えられれば、私は憎む。

　勿論、私も機械の恩恵にはたくさん与《あずか》っている。エアコンと携帯電話はないと困るし、コーヒーメーカーと洗濯機のことは心から愛している。でも、感謝も愛も、憎悪を軽減しはしない。

　機械の最大の脅威は、主従関係がへんになるところだ。私が使っているのに、使われているような気がする。遠慮しながら、びくびくしながら、どうかおこらないで下さい、作動して下さい、とお願いしなくてはならない。願うというより、祈るという方が近いかもしれない。作動しなくても機械は絶対謝らないので、私が謝るよりなくなってしまう。ああごめんなさい、私が何かしたんですね、してしまったに違いないですね。

それでいて、機械には手も足もなくて、自分で自由に動きまわったりできないから、人間がめんどうをみなくてはいけない。それも脅威だ。コードを引き抜いたりすると彼らは一瞬死ぬから、そんな横暴はできない。弱いものいじめをするみたいな気持ちになってしまう。

　そういうわけで、機械には極力かかわらないようにしている。ここ八年くらいは掃除機も使っていない。掃除は箒《ほうき》と塵取《ちりとり》と雑巾《ぞうきん》とモップでしている。テレビやビデオにも一切触っていない（これはもう十年になる）。

　そうしたら、このあいだ驚くべきことがあった。十年ぶりにテレビをみようとしたら、テレビのつけ方がわからなくなっていたのだ。嘘だと思われるかもしれないがほんとうのことだ。まず、いつのまにかテレビ周りのリモコンが増えていて、どれがテレビそのもののリモコンなのかわからなかった。端から試し、なかの一つで電源が入ったので、ようやく「これだ」とわかったものの、画面には映像も音もなく、ビデオ2という文字がでているのみ。ビデオではなくテレビをみたいんですけれど、と思いながら、リモコンのボタンをあちこち押した。やがて、騒々しい音声と、映像がでた。よかった、これはたぶん（ビデオではなく、いま放映されている）テレビ番組だ。この時点で、私の両手は焦燥と屈辱感に汗ばんでいた。録画ができないというのならともかく、テレビがつけられないなどということがあっていいはずがない。ところが

――。私のみたかった番組が、一向にでてこないのだった。リモコンに、チャンネルと思われるボタンが、四角いの十二個、丸いの十五個ついていて、表面に書いてあったはずの数字は、摩耗してすっかり消えている。一の隣が三だろうと思うのに、どうもそうではないらしいのだ。全部のボタンを一つずつ試したのに、結局、その日私のみたかった番組（ＮＨＫのＢＳでやっていた）は、でてきてくれなかった。

　もういい、と私は思った。機械なんてもういい。大嫌いだ。でも、夏が去って涼しくなり、スープのおいしい季節になって、ポタージュ好きとしてはミキサーが、やっぱりちょっと、欲しいのだった。

お一人様の牡蠣フライ

村上春樹

結婚生活を送っている方にはおそらくわかっていただけると思うんだけど、夫婦で食べ物の好みが違うというのは、なかなか面倒なものですね。うちの場合はだいたい魚と野菜中心、薄味というあたりで共通しているからまだましなんだけど、それでも調理・食材の好みはあちこちで異なる。

たとえばうちの奥さんは揚げ物、鍋物が全般的に好きじゃないので、結婚してこのかた、そういうものはいっさい作ってくれない。「生き方に反する」ということだ。そう言われると反論のしようがない。夫婦とはいえ「生き方に反してくれ」とはなかなか言えない。「じゃああなたにもひとつ、生き方に反してもらいましょう」とか言い出されたらけっこう困る。

だからたとえば牡蠣《かき》フライとか、すき焼きを食べたいと思ったら、自分でこしらえて自分で食べるしかない。うちの奥さんがお友だちと中華料理を食べに行ったりするようなとき、そういう企《くわだ》てを果敢に断行する。昼の内から着々と材料を揃《そろ》えておく。

僕は料理するのは嫌いじゃないので、それらを作ること自体には抵抗ないんだけど、牡蠣フライにしてもすき焼きにしても——おそらく同意していただけると思うのだが——黙々と一人で食べてあまり心愉《たの》しいものではない。すき焼きがとりわけ手持ちぶさたで、鍋の前で「もうそのへんの肉、いいみたいだよ」とか「焼き豆腐を足さなくちゃね」とか、所在なくつぶやきながら食べている。

ハンバーグ・ステーキやコロッケも、食べたければ自分で作るしかない。いつも多めに作っておいて、冷凍庫に放り込んでおく。食べたくなったら出してきて解凍し、焼いたり揚げたりして一人で食べる。中くらいの値段のワインを開け、テレビで野球中継を見たり、スタン・ゲッツの古いレコードを聴いたりしながら黙々と、飾り気もなく（言うまでもないことだが、キャンドルをともしたりはしない）、しかしそれなりに幸せにほくほくと食べる。

一度冷蔵庫が故障したことがあった。冷蔵庫の問題点はいつも唐突に壊れてしまうことだ。予告もなく、ふと気がついたら駄目になっている。折悪《あ》しくコロッケをまとめて作って冷凍したばかりだった。目の前でそれが刻々と自然解凍されていくのを目にするのは切なかった。腸捻転《ちょうねんてん》で苦しむ無垢《むく》な子猫を目の前にしているときのような心境だ。やけになって、解凍されたものを片端から揚げて食べていったんだけど、胃袋の容量にも限度があるし……。

　牡蠣フライといえば、なんといってもキャベツの千切りですね。実を言うと、僕はキャベツの千切りがわりに得意だ。さくさくと糸のように切り、丼《どんぶり》に山盛りにして、一人でそっくり食べてしまう。基本的には、おかずはそれだけあればいい。山盛りの千切りキャベツと、揚げたてあつあつの牡蠣フライ。まだしゅんしゅんと音を立てている。あとは豆腐と白葱《しろねぎ》の味噌汁《みそしる》に、温かい白いご飯、ナスの漬け物。そうだそうだ、その前にタルタルソースを準備しておかなくてはね……ああいけない、こんなことを書いていたら、急にすごく牡蠣フライが食べたくなってきた。弱ったな。

　今週の村上　山手線でまだ降りたことのない駅が三つありました。今度降りてみよう。

私のコロッケ

森茉莉

いまの私は、長い小説を書いているため、ごはんの仕度に時間をかけてはいられない状態なのだけれども、よくよくの食いしん坊であって、そのせいかどうか、美味しいものでごはんをたべないと、小説がうまく行かない。

書く小説も、どこか変っているが、おいしいと感じるものも変っている。誰かが、「おいしいものをたべればよく書けるのか、それでは」と言って、何々軒の西洋料理、何々飯店の中華料理、何々亭の日本料理を運んでくれたら、上出来な小説が出来上るわけではない。

ところで、ここに書くごはんのおかずを見て「なんだいこれは。これが、何々軒のより上なのか」と言われても困る。ふだん、時間のある時にこしらえるおかずなら、人はなんといおうとむかしの一流料理屋に匹敵するお料理だぞ、と思っているのだが、この頃は時間がほとんどない状態で、睡らず、たべず、お風呂に入らずですむようになれないかなあと、心《しん》から、底から思う感じの状態である。

体のために、主食（お米はもちろん、パンもうどんも）は日に一度しか取らないことにしているので、一食以外は野菜と肉、あるいは魚だけにしている。そうなると、野菜は葉っぱ類ではもたないから、馬鈴薯《ばれいしょ》か人参、せめて、かぶ位の、お腹にこたえるものということになる。

しかし、じゃがいもを茹でている時間はない。あえて、やっても、切るのが手のろいし、お鍋を火にかけておいて書いていると、たいていの場合、黒焦げになって二重手間になる。それで工夫したのが、独特のコロッケ料理である。

昔から、上等の料理店はコロッケは揚げないことになっている。私が「これ美味なるかな！」といってたべるコロッケは、明治の昔から、大正にかけて、千駄木町にあった私の生家で、母が女中に教えてつくらせたコロッケである。そのコロッケというのは、挽肉と人参、玉葱のみじん切りをいためてまるめ、それをじゃがいもの裏漉《うらご》しで包んで、小型の俵型に丸めて、本郷通りの西川の上等のヘッドで揚げたものである。

その味に近いものを、短時間でつくるのが、このごろの私のコロッケである。幸い近所の肉屋が悪くないコロッケを揚げている（淡島通りの肉屋である）ので、それを毎日十個買う。二食分である。それを、雪印バタアをたっぷり使って、いためるというよりは煮る要領で温め、いったん皿にとる。

次に、鶏の笹身《ささみ》を挽いてもらったのをさっといため（玉葱も）、トマトジュウスを、水でいい加減に割ったもので煮て、ソオスをつくって、コロッケを入れてさっと温めて終りである。

コロッケを長く煮ると崩れる。不思議に、この方法をうまくやると、昔の生家のコロッケに、上等な料理屋のトマトソオスをかけたような、贅沢な味の料理ができる。ごはんが足りなくてお腹にもつおかずにしたい時には、バタで温めたコロッケをウスタァソオスでたべる。絶妙である。（キャベツの繊切《せんぎ》りは時間がないので、たまにしかつけない）

このコロッケのトマトジュウス煮は私が時間のある時につくる、自家製のハンバアグのトマト煮よりも好きな位である。

私は何かが一つ気に入ると、何日でもあきないので、この頃は毎日、この車庫通りの肉屋で、コロッケ十個と笹身二百瓦《グラム》をお買い上げになる。コロッケの上客らしい女の人が、コロッケの前に立っているのを見て「しまった！　売切れっ」とその後姿を睨むと、肉屋の奥さんが私のその気持を見破って微《かす》かにわらうのだ。

この方は上等とはいえないが、デパアトのサラダに、辛子と酢を加えて、パンとたべることもある。

日に一度の主食つき食事は、友だちが買って来てくれた、昔の料理屋用のようなお米を炊き、デパアトで、日本橋の海苔、かつぶし、信州の粒味噌等を買っておいて、鶏の挽肉と豆腐をしょう油と酒でさっと煮て、一味唐辛子をふりかけたものや、白身魚のさっと煮たもの、挽肉とキャベツのバタいため、小かぶの葉っぱ入りみそ汁、若《わか》布《め》や大根千六本の味噌汁をおかずにして、昔の味よもう一度を、ほとんど完全に再現している。今の状態ではこれが極上の食事である。

普通ハンバーグ

阿川佐和子

ハンバーグって、どうやって作るの？　と、男友達から電話で聞かれてドキリとした。そういえば久しく作らないうちに、作り方を忘れてしまった。

「ちょっと待ってね」

受話器を耳に当てたまま、料理本の並んでいる棚へ行き、これとおぼしき数冊を取り出してペラペラめくってみる。が、あんなに大衆的で誰もが好きであろう料理にもかかわらず、なかなか出てこない。魚のハンバーグとか豆腐ハンバーグとかハンバーグソースの作り方とか、ひとひねりしたハンバーグはいろいろ載《の》っているが、ずばり「ハンバーグの作り方」がないのである。ハンバーグなんて今さら指南しなくともみんな知っているだろうということなのか。

しかたがないので一度、電話を切り、考えることにした。思い出す努力も必要だ。まず挽肉《ひきにく》は要る。たしか牛と豚の合い挽きを使っていたと思う。と、ここで別の記憶が蘇《よみがえ》る。

アメリカのワシントンD.C.を訪れたとき、迎えてくれた友人が、「歓迎の印に、今、当地で人気の本格ハンバーガーの店へ連れて行ってあげよう。日本にはまだ出店していないはず」と言い出した。それはうれしい。なんたって本場アメリカのハンバーガーだ。是非とも味わってみたいものである。見た目はマクドナルドにちょっと毛が生えたようなカジュアルな趣の店で、ストライプのエプロンをつけた若い店員さんがニコニコ注文を取りにやってきた。

「えーと、じゃ、このチーズバーガー一つ」

頼むとニコニコエプロンがボールペン片手に首を傾《かし》げ、

「ハウ　ドゥー　ユー　ライク？」

ハウ　ドゥー　ユー　ライク？　なにそれ。あなた、どんな、好きですか？　なんじゃそりゃ。

困惑していたら、隣の友達が説明してくれた。

「肉の焼き方よ。ミディアムかレアかウエルダンか、どれがいい？」

驚いた。ステーキ屋さんでそういう質問をされるのならわかるが、まさかハンバーグの焼き具合を聞かれるとは思いもよらなかった。へえ、これはたしかにお洒落《しゃれ》なハンバーガー屋さんだね。感心し、出てきた巨大肉厚のミディアムレアなるハンバーガーを食しながら、そうか、アメリカのハンバーガーは合い挽きではなく、牛肉百パーセントなのかと、ますます感心した覚えがある。

　さてしかし、日本における自家製ハンバーグは、たしか牛と豚の合い挽き肉を使うと記憶している。少なくとも母が作るハンバーグはそうだった。大きめのボウルに挽肉を入れ、みじん切りの玉ネギと、他にもキャベツとかニンジンとか、ときに椎茸《しいたけ》とか、残り野菜を入れてカサを稼ぐ……というか、野菜を入れたほうが柔らかくなる。さらにハンバーグをソフトに仕上げるため、牛乳に浸した食パンと卵一個を割り入れて、手を使ってじゅうぶんにこねた末、最後に塩胡椒《こしょう》、ナツメグを加えて味を調える。この「味を調える」のが難しい。そんなとき、母はこねたお肉をつまみ上げ、小指の先ほどの大きさに丸めると、熱したフライパンの上に載せて試し焼きをした。これが子どもの頃、楽しみでならなかったことを思い出す。

「ああ、やるやる。サワコがやる」

　小さく丸めて油の上にジュッと載せる。そろそろと思われる頃合いに裏返すと、赤い色をしていた肉の塊が茶色い焼き色をつけて、一丁前のハンバーグの顔をしている。かわいいね。まるでハンバーグの赤ちゃんだ。両面の焼けた赤ちゃんバーグを箸《はし》で取り上げて口に入れる。

「どう？　塩胡椒、効いてる？」

母に訊《き》かれても、それがいつもわからない。どうだろう。もう一個焼いてみよっか？　私にとっては味見をするより焼くこと自体が楽しかったのだ。

ハンバーグを焼くときに、おへそを作りなさいというのもその試し焼きの際、母に教えられた技である。

「丸くこねたら最後に中心を指で押して、こんなふうにへこませるの。そうしておくと、中まで火が通るからね」

たしかにおへそを作らないで焼くと、ハンバーグというものはだんだん中心が膨らんでくる。ほどよく膨らんだほうが見た目もおいしそうではあるけれど、膨らみすぎると真ん中が生焼けになってしまう。アメリカのハンバーグのように牛肉だけならばそれでもいいだろうけれど、豚肉も入っている場合は具合が悪い。料理にはいろいろコツがあるものだと子ども心に納得したのは、あの「ハンバーグおへそ手法」を覚えたときだったように思う。

さて、出来上がったハンバーグにどんなソースをかけようか。簡単なのはウースターソース。たっぷりのキャベツの千切りとともに表面がカリカリに焼けたハンバーグをリー・アンド・ペリンズのウースターソースにからめて食べるのは何よりのご馳走《ちそう》である。しかしときどき、もう少しジューシーなハンバーグを食べたくなる。そんなときはハンバーグを焼いたあとのフライパンへざくざくに切ったトマトを入れて醤油《しょうゆ》少々、トマトケチャップちょこっとを加え、トマトソースを作る。トマトの酸味がハンバーグに染み込んで、これまた悪くない。もっとボリュームが欲しい場合はハンバーグの上に目玉焼きを載せる。子どもの頃、よく母にせがんだものだ。

「目玉焼き、載せていい？　自分で作るから」

　いろいろ思い出してきた。メモにまとめて男友達に送ってあげよう。もう手遅れかしら。

サラダの謎

中谷宇吉郎

私はごく普通のフランス風のサラダが好きである。レタスとトマトを、酢とオリーブ油でドレスしただけの簡単なサラダのことである。洋食は、一般にいってあまり好かないが、このサラダだけは例外で、食卓に出ていると、つい先に手が出る。

ものの好き嫌いなどというものは、たいてい子供の頃か、せいぜい二十代までの生活環境できまるものらしい。私がこのサラダを好きになったのは、若い頃、もう三十年も昔のことであるが、ロンドンに留学していた頃に、下宿で毎晩非常にうまいサラダを食わされたのが、今日まで後をひいているようである。

大学を出て、三年間理研《りけん》で、寺田寅彦先生の助手をつとめていたが、北海道大学に理学部が出来ることになって、急に文部省の留学生として、ロンドンへ留学することになった。

　ロンドン人は、人づき合いが悪く、世界で一番英語の通じないところは、ロンドンだといわれている。そこへまだ三十前の、しかも日本でも田舎育ちの若い者が、突如として放り出されたのであるから、ずいぶん心細い思いをした。しかし幸いなことに、非常に運がよくて、思いがけなくよい下宿にめぐり合い、それですっかり落ちつくことができた。

　家はロンドン郊外の住宅地にあって、主人はオーチス・エレベーター会社の技師長であった。そんな家は一般にいって、東洋人などは家に入れてくれないのであるが、そこの夫人がフランス人であった。そして日本に好意をもっていたようで、親身になって世話をしてくれた。

　その夫人が、料理自慢の人であって、毎晩たいへんな御馳走《ごちそう》をつくってくれた。英国のことであるから、先祖代々伝わったオークの立派な食卓で、毎晩家族一同が、きちんと着物を着かえて、晩餐《ばんさん》の卓につく。今から考えてみれば、英国人へ嫁したフランス婦人の気持が、その蔭《かげ》にあったのかもしれないが、当時はそんなことがわかるはずもなく、毎晩たいへんな御馳走でびっくりしていた。

　そのなかでも、とくに印象に残ったのが、サラダである。レタスとトマト、あるいはレタスとセロリのサラダであって、そのレタスが非常にうまかった。記憶が確かでないが、一年中新鮮なレタスがあったような気がする。現在のように「輸送農業」が発達したアメリカならば、別に不思議な話でもないが、当時のロンドンで、年中新鮮なレタスがあったのは、ちょっと不思議な気もする。

　それはあるいは記憶ちがいだったかもしれないが、とにかくこのサラダが非常にうまかったことは、事実である。キングス・カレッジの地下室で、一日中神《しん》にこたえる高真空の実験に気を張りつめ、くたくたになって帰って来る。そういうときには、肉類よりも、まずこのサラダに手が出るのであった。

　それと今一つは、当時の日本の経済状態も、一つの要因をなしていた。清浄野菜などは夢にも考えられなかった時代のことである。寄生虫の心配なしに、生の野菜がばりばり食べられるということで、何だか別の世界へ来たような気がしていた。

　実験の都合で、まれには午後早く帰ることもあった。そういうときに、或《あ》る日のこと、台所へちょっと顔を出したことがある。そしたらその夫人が、晩餐のサラダをせっせとつくっていた。レタスは手でちぎらなければならないような料理学の初歩を、そのとき初めて知った。

　それよりも不思議だったのは、レタスを木鉢に一杯入れたあと、何か石鹸《せっけん》のかけらみたようなものを、パンの切れはしにこすりつけて、それをサラダの中に入れたことであった。そういえば、毎晩の食卓で、サラダ鉢の中に、パンの切れはしがはいっていたが、これは皿にはつけないものであった。何かあのおまじないが、サラダをおいしくするこつのように思われて仕方がなかった。しかし男が料理のことなどきくものではないと思っていたので、別にたずねてもみなかった。

その後、日本へ帰って、北海道で家をもってみたら、毎日の食事が問題になってきた。北海道では料理の材料が、われわれ子供の頃から育ってきた環境のものとは、だいぶちがっていたからである。それで思い出したのが、ロンドンで毎日食べていた、フランス風のサラダである。

北海道の気候は、ああいう西洋風の野菜の栽培には適しているはずである。しかし市場にあるものでは、下肥《しもごえ》を使ったかもしれないという心配が大いにある。それで庭の一部に小さい畑をつくって、そこで妻がレタスをつくることになった。レタスなどつくってみれば、何でもないもので、デパートから買ってきた種を蒔《ま》き、油かすを入れておけば、結構立派なレタスが出来た。当時の札幌は案外ハイカラな街であったらしく、ヴィネガーもオリーブ油も、簡単に手にはいった。

それで待望のサラダがつくられたわけであるが、食べてみると、どうも昔の味がしない。材料は全部同じもので、別に煮たきするわけでもないのに、味がまるで違っている。ヴィネガーと油と塩と辛子とを、いろいろ分量をかえてみても、やはり駄目である。結局これはあの石鹸のかけらをパン切れにこすりつけるおまじないに、何か特別の意味があるらしいということになった。

それで妻は、同僚の夫人たちのうちで、外国生活をした経験のある人たちに、折があるごとに、この「石鹸の謎」を聞いてみたらしいが、その謎はついに解かれなかった。その間三十年かかったわけである。

ところで今年になって、この三十年越しの「サラダの謎」が、いとも簡単に解けてしまった。それは二女が欧州から帰って来て、「パパの石鹸の謎がわかったわ、あれはにんにくだったのよ」と、一遍に片付けてくれたからである。

この娘は、絵の勉強と称して、パリとマドリッドとに、二年間行っていたが、この夏アメリカへ帰って来て、グリーンランド帰りの親爺《おやじ》の世話を、目下《もっか》しているわけである。パリで友だちの家の娘さんが、サラダをつくるときに、にんにくをパンの固い切れはしでこすって、それを入れているのを見て、昔のパパの話を思い出したというのである。なるほどにんにくならば、安石鹸のかけらと同じような灰白色をしている。それから西洋には、わさびおろしのような便利な機械がないので、乾《ひ》からびたパン切れを、わさびおろしの代りに使っているわけである。

これで三十年越しの謎が解けたので、ヨーロッパへ二年間やっておいただけの値打ちはあった、といったら、娘は大いに不服のようであった。しかし気はやさしいらしく、その後、思いなおして、毎日このサラダをつくってくれている。

レタスの水切りをして、手で適当にちぎって、それを冷蔵庫の中に入れておく。夕食直前にそれを冷蔵庫から出して、おまじないをして、食卓に出してくれる。冷蔵庫の中で冷やされたレタスは、パリパリと歯切れがよい。物質文明の進歩も、まんざら棄《す》てたものではないと、親爺は満足している。

中谷宇吉郎

マカロニサラダ

池田満寿夫

日本人にとって調味料の王者は、なんといってもしょう油にミソである。これがないと、すくなくとも、日本料理は出来ない。次にくるのがソースである。私が少年の頃ソースといえば、つまり今のウスターソースに当たっていた。そのうち、どろどろしたトンカツソースが現れた。ウスターソースの薄口と濃口も出てきた。

ソースは洋食にはかかせない。

私の好物に生キャベツの千切りにウスターソースの薄口をだぶだぶに掛けて食べるのがある。しょう油でも、マヨネーズでも駄目なのだ。ソースなのだ。

そのソース料理の代表作が、ソース焼きソバであろう。

ソースの次にくるのが、マヨネーズとトマトケチャップである。

私の母は中国でカフェを経営していて、自分でも調理場に立ってよく料理を作っていた。その頃、マヨネーズをつくっているのを眺めていたものだが、ひどくめんどくさい手順をふむものだと子供心にも感心した。へたをすると固まらないのである。そのせいかどうか、マヨネーズは大変高級に思えた。

そのマヨネーズをいったい何に使ったのか、思い出せないのである。サラダを食べた記憶は残っていない。しかし、トマトケチャップの方はチキンライスとかオムライスとかに必ず使ってあって、私の好物であった。トマトケチャップというと、少年時代がよみがえってくる。

マカロニはかなり少年時代から知っていた。これもゆでて、トマトケチャップでいためて食べさせられていた。子供心にも何故ウドンにわざわざ穴を開けてあるのか不思議だった。母に聞いても教えてくれなかった。一説にはイタリア人が輸出用にわざわざ手間をかけて作ったと言われているが、当てにならない。

イタリア製の西部劇をわれわれはマカロニウエスタン、と言っているが、アメリカではスパゲッティウエスタンと言っている。ウソのような本当の話である。

実際、イタリアへ行ってみると、マカロニよりスパゲッティの方がはるかに使われている。イタリアにはパスタ用の材料が何十種類とあるが、マカロニも長いのから短いの、穴の大きいのから小さいのまで、種々ある。しかし、私たちが通常マカロニだと思っているマカロニグラタンとか、マカロニサラダとかは、あまりお目に掛からなかった。変な話、マカロニグラタンは日本以外で食べた記憶がないのだ。これもひょっとしたら日本人が考えたマカロニ料理かもしれない。

マカロニグラタンも好物だが、グラタンと名の付く料理はつくったことがないのだ。例のホワイトソースの正体がいまだに分からないからである。つまりクリームとか牛乳をつかう料理になじんでいないのである。せいぜい、マヨネーズである。

そのマヨネーズとマカロニを組み合わせたマカロニサラダはどのスーパーにもお惣菜として売っている。私もつい買ってしまうが感心するほどうまいものではない。ところがわが家のマカロニサラダは抜群なのだ。泣く子も黙るぐらいである。調理法は簡単すぎるほど簡単だ。

マカロニをゆで、キュウリを薄く輪切りにし、ハムを千切りにし、マヨネーズを入れてかき混ぜるだけである。秘訣は少々の酢を加えるだけだ。塩、コショウも適当に入れる。要するにマヨネーズ料理は早く食べるところにあるのだ。余計な具を入れないで、キュウリとハムだけがまたいいのである。わが家ではパーティーに主食として出している。それだけで腹いっぱいになってもらうと安上がりでありがたい。

ニコニコのハンバーグ

じろまるいずみ

　父が亡くなり、母も年老いた今になってようやく「彼らの話を収集しておかなくては」と焦っている娘が私である。何しろ幼きころから親とはソリが合わぬ。特に父はやっかいだった。どんな些《さ》細《さい》なことも、すんなり伝えてくれないツンデレ体質。面白い話だなと思って聞いている途中で急にツンデレの「ツン」が押し寄せてくればそれで話はおしまい。次に彼の機嫌が良くなるのを待つしかない。そんなこんなで、永久に続きを聞けない話がゴロゴロある。

　幸い母とはようやく話ができるようになり、実家に帰ってはせっせと昔話を収集している。聞いていると「自分はまるで母のことを知らなかった」と驚くことが多い。「母は私のことなど何もわかってない」と憤慨してきた人生だったが、なんのことはない。私だって母のことは何もわかっていなかったのだ。

例えば彼女が「数字に強い」だなんて、考えたこともなかった。言われてみれば確かに八〇歳を過ぎた今も、親戚である中学生の数学の宿題を添削してやったりはしている。だがその事実は知っていても、それと自分の母親が数字に強いことが結びつけられない。「母は私のことを一人の人間として見ていない」と憤慨してきた人生だったが、なんのことはない。私こそ母のことを「母親」としてしか見ておらず、一人の人間として客観視をしてこなかったのだ。

数字に強かったおかげで、母は私を妊娠中もあちこちから「ちょっと、うちの経理を見て」と引く手あまただったという。特に親戚がやっていた「ニコニコ」という洋食レストランからは「繁盛してるおかげで人手が足りなくて、本来経理を見る人までもが調理やホールに駆り出されている。ずっとどんぶり勘定が続いているから、早く来て、早くうちの経理見て」と矢の催促だったらしい。

そこで私を出産するや否や、母はニコニコへ通うようになった。もちろん乳飲《ちの》み子である私も一緒に通勤だ。繁華街の騒がしい店に赤ん坊連れとは何事か？　と思うだろうが、私は生まれたときから四六時中ぐうぐうと寝ている子どもだったらしい。なにしろ産院から帰ってきても、夜泣きをほとんどしなかったので、両親は私と別の部屋で寝ていたくらいだ。生後数日でもう自分の部屋を与えられ、そこでおとなしく寝ていた赤子なのだ。なので赤子らしからぬ大きなイビキが客席に漏れる心配をすることはあっても、店内の喧騒で赤ん坊が起きて泣く心配はしていなかったという。

よくぞ泣いてくれた！

さてニコニコで母がようやく「何から手をつけていいか」のメドが立ったころ。つまり何もまだ片付いてはいないころ、ニコニコに税務調査のお知らせがやってきた。経営者一同は大パニックである。不正をしていたつもりはないが、どんぶり勘定の自覚はたっぷりある。それを！　今から！　きちんと！　正すつもりだったのに！　なぜ今？　せめて半年後にきてくれればキレイに帳簿も整っているのに？　なぜ今？と、上を下への大騒ぎだ。だが騒いでももう遅い。あっという間に税務署の人たちが乗り込んできた。

　するとどうだろう。税務調査が店内で始まるや否や、普段は何があろうともぐうぐう寝ている乳飲み子の私が、突然火がついたように泣き始めたのだ。経営者一同、そして母もさらに大パニックだ。赤子はあやさねばならぬ。税務署には説明せねばならぬ。赤子は泣き止まぬ。税務署の声も聞こえぬ。赤子バタバタ暴れ出す。母もドタバタ右往左往する。赤子うるさい。赤子うるさい……ああどうしよう、と母も泣きたくなったとき「お子さんも大変そうですし、今回はもういいです。またいつか来ますので」と税務署の人が帰ってしまった。

「ありがとう！」

「よくぞ泣いてくれた！」

ニコニコ経営陣は大喜びだ。母には「泣かせたお礼」として高価な着物がプレゼントされた。私には「泣いてくれたお礼」として「一生ニコニコで食べられる権利」が授与されたという。なるほど、私の覚えているニコニコの風景が「異常なほど歓待される店」だったのは、そういうわけだったのか。

記憶にあるのは、店主だけでなく従業員の皆さんまでも「おばちゃんのこと覚えてる？」と次々やってくる姿。そして「いずみちゃんのために、店では出してない特製ハンバーグだよっ」と、頼んでもないものがやってくること。さらにその特製ハンバーグが、店主じいちゃんの「小さな子どもに栄養をつけなくては」という思いからだろうか、なぜかニラが入っていたこと。

ナツメグがうんときいた牛肉一〇〇パーセントであろうハンバーグに、ニラはまったくもって合わなかった。ナツメグが入ってなかったら。いやそもそもニラじゃなく、他の野菜だったならもう少し歩み寄れたかもしれないが、今となってはしかたのないことだ。さらに店にはちゃんとした自家製ドミグラスソースがあるにもかかわらず、どういう理由からかウスターソースをかけて食べろと指示されたのも謎だった。一度記憶を頼りに作ってみたことがあるが、ナツメグ、ニラ、ウスターソースの三位一体がなんというかもう、あまり仲良くなれなかったクラスメイト感があって、どうにもこうにもお手上げであった。ごめん、じいちゃん。私はあのハンバーグがとても苦手でした。

　ニコニコの名誉のために言っておくが、通常のバージョンであればハンバーグもドミグラスソースも非常においしいのである。今でもたまに、あの茶色いソースの味を思い出そうとやっきになっていることがある。目玉焼きとからんだ色彩がまぶたに浮かぶことがある。とうの昔に閉店したが、その、つまり、また食べたいのだ。いつか天国でじいちゃんに会うことがあったなら、「今度はニラ抜きで」と注文したい。もちろんウスターじゃないほうのソースでね。

ほんとうにおいしいハンバーグのレシピ

　ハンバーグを食べたことのない日本人がいるだろうか。物心ついて最初に食べた洋食ランキングがあったら、おそらくハンバーグがぶっちぎりの一位に違いない。子どもも大人も大好き。うちのオットも大好き。昭和生まれの中年男子だが誕生日の夜ごはんには必ず、ハンバーグのリクエストがくる。

人気のメニューであるがゆえ、レシピの数も数え切れないほどある。肉は豚肉か、牛肉か、合挽きか。いやいやうちは塊肉を切り出して、包丁で粗く叩くだけですよというワイルド系も少なくない。玉ねぎは炒めるのか、生のままか。パン粉を入れてふっくらさせるか、あえて入れずに肉そのものを味わうか。フライパンだけで焼き上げるのか、オーブンを使うのか、はたまた煮込んでしまうのか。これにソースの有無や種類を加えたらバリエーションはほぼ無限と言ってもいい。

うちでよく作るのは、こんな感じだ。合挽き肉２５０グラムに小さじ1弱の塩を加え、粘りが出るまでよく練る。そこへ粗めに叩いた牛肉１５０グラムを足して、さっくり混ぜる。玉ねぎは¼個をみじん切りにしてほんのり色づく程度に炒めて冷ましたもの。大さじ1のパン粉を牛乳でしっとりさせたもの、溶き卵1個分、ナツメグ小さじ⅓、黒胡椒小さじ½を全部肉に加え、均等になるまで混ぜる。フライパンでしっかりと両面に焼き目をつけたら、あらかじめ温めておいたオーブンか、魚焼きグリルへ入れて、中まで火を通す。

倍量で下ごしらえし、小さめの小判型に焼いたものを冷凍しておくこともある。

買い物する時間がなくても、作る気力はないのに手料理が食べたいときでも、自家製ハンバーグが冷凍庫にあれば天国だ。小鍋にトマト缶をジャッと開け、凍ったままのハンバーグを入れてから火をつければ、加熱と解凍が同時にできて手間いらずだし、センサーとタイマー付きのコンロなら、煮込んでる間にサラダだって作れる。もちろんレンチンだけでもＯＫ。目玉焼きなんか添えたらもう完璧じゃないか。

じろまるいずみ

バンバのオムライス

立松和平

ちょっと古いことになるのだが、ＮＨＫの「きょうの料理」という番組は、びっくりするような長寿で、その何十周年かの記念番組に出演するよう私のところに依頼がきた。

料理の名人が私の思い出の料理をスタジオでつくって食べさせてくれるから、その料理を指定するよう言われた。

「オムライスにしましょう」

咄嗟《とつさ》に私はこう答えた。オムライスは私には思い出の料理なのである。

子供の頃の私には、オムライスが何よりのご馳走《ちそう》であった。私の父は宇都宮市内の中心部にあった電気工事会社に勤め、母は郊外の新開の町で食料品店をやっていた。

日曜日でも父は仕事にでかけていき、母は客がくるのだからと店を閉めなかった。休みなしで懸命に働いていたのだ。世の中全体がそんなふうで、私の両親が特別というのではない。

それでも年に一度ぐらい、盆と正月には両親の気が合って、街に遊びにいった。そうだ、「街《まち》」という言い方をしたのだった。

宇都宮の繁華街とは、バンバのことである。二荒山《ふたあらやま》神社の前の馬場町あたりのことで、宇都宮藩の馬場があったからバンバと言ったのかとも思う。二荒山神社に向かって参道をなし、仲見世《なかみせ》が出来ていた。浅草の仲見世と同じで、小店がハーモニカのように連なっている。内部は衣料品やおもちゃや金魚すくいなどがあり、外側は飲食店になっていた。バンバにでかけるとは、まず仲見世を通って二荒山神社にお参りすることだった。

仲見世から大通りを渡ると、両側に上野デパートがあった。古い宇都宮の人たちは、上野さんと呼んでいた。デパートにさんをつけて呼ぶのは、日本広しといえど宇都宮だけではないだろうか。最近は、古くから愛された老舗《しにせ》も東京資本に押され気味である。

子供の私の最大の楽しみは、映画を観ることであった。花屋敷、電気館、歌舞伎座と、映画館には東京というより浅草の名前がつけられている。花屋敷には小さな遊園地も併設されていて、映画館にはいると遊園地にも無料で入場できた。

映画は楽しかった。弟と私と観たい映画が分かれると、父と母も分かれてそれぞれ付き合ってくれた。親は自分たちが映画観賞をするというよりも、子供へのサービスが本当の目的だったのだ。

映画を観終ると、待ち合わせ場所を決めて落ち合い、それから一家四人で食堂にはいった。その時食べるのが、オムライスかライスカレーかハヤシライスだったのだ。ことにオムライスを忙しい母はつくってくれなかったから、何よりのご馳走だった。卵の薄皮をスプーンで破り、なかのチキンライスを少しずつ掘って食べる。あまりにもおいしいので、一気に食べてしまうのはもったいないのであった。

「立松さん、オムライスなんて難しいものを注文してくれたわね」

番組でオムライスをつくってくれた小林カツ代さんに、私は笑顔で言われた。ほかのゲストの注文は、タイのカルパッチョや、麻婆豆腐だったのだ。普段食べている料理は、飽きがこない分だけ、つくるのは難しい。

ナポリタン

久住昌之

二十年ほど前、さる舞踏集団の夏の体験合宿を取材した。

熊野《くまの》の山奥の廃校に、一週間ほど寝泊まりしたのだ。

水木しげるさんや、南伸坊《しんぼう》さん、石井聰亙《そうご》（現・岳龍《がくりゅう》）さんなど豪華な特別講師にそそられてか、合宿には若い男女が三十人ほどやってきた。

しかし、合宿は想像以上にハードなもので、夜逃げするものが何人も出るほどだった。要するに文化系の若者が、間違って体育会系サークルの合宿に参加してしまったかたちだ。

俺は見ていただけでも一日で疲れた。

朝六時起床。すぐにまわりの山道をジョギング。途中、食べられる山菜を見つけたら摘んでくる。食事は全て参加者の自炊なので、その足しにするためだ。

帰ってくると「喰茶《じきちゃ》」といってお茶と梅干し一個を食すのみ。朝食、無し。俺も喰茶のみ。

少し休んで、昼までずっとストレッチや各種体操。たっぷり汗をかく。

待ちに待ったお昼は、玄米と一菜《いっさい》。

菜というのは油揚げとほうれん草の炒め物など、完全菜食主義。汁は無し。

しかし腹が限界点までぺこぺこ、日常ではあり得ないほど胃がきれいに空なので、何であろうとものすごくおいしい。取材しているだけの俺ですら、粗食のありがたさを思い知った。

昼時、参加者は口々に、

「米一粒一粒の味がわかるようだ」

などと言いながら感激に目を潤《うる》ませてかき込んでいた。

午後はさらに本格的な舞踏の稽古《けいこ》。「猿の動き」「トラの歩き」「海草の動き」など、見ていてもかなりの運動量で、日が傾くころには皆クタクタで、口もきけなくなっていた。

夕飯は一汁《いちじゅう》一菜。味噌《みそ》汁《しる》が付く。もちろんビールなんてもってのほかだ。楽しみにしていたはずの講師の話にもウトウトし、十時には、全員、泥のように眠りこけていた。

そんなことで一週間。ようやく山を下りる日がやってきた。逃げずにやりきった者達は皆、顔が細く引き締まり、疲労の残る表情の中にも爽《さわ》やかな開放感が感じられる。

合宿所を出たとき、参加者のひとりに、俺は聞いた。

「今何が一番食べたい？」

すると彼は顔を輝かせ、待ってましたとばかりに、

「合宿中からそればっかり考えてました」

と笑った。彼の答え、それは意外なところから、俺の味覚中枢《ちゅうすう》のど真ん中を突いてきた。

「なんでもない駅前の喫茶店の、ケチャップで真っ赤なスパゲティ・ナポリタン」

うっわー、わかるわかる！　俺はわかるぞ！　言われた瞬間、胃袋の底から、

「そうだ、それだ、それが俺も食いたい、行こう、俺も食う！」

という咆哮《ほうこう》が吐き出された。

一週間、山の中で、テレビも電話も（もちろんケータイもパソコンも）無く、世間の情報から一切遮断されて、ただストイックに肉体の鍛錬をしてきた若者が欲した食べ物。

それは肉汁タップリのステーキでもなく、お刺身や天ぷらでもなく、ご飯とおいし

く焼けた塩鮭《しおざけ》の切り身とシジミの味噌汁でもなかった。

ケチャップとラードの焦《こ》げる匂《にお》い沸き立つ、唇まで真っ赤になるようなナポリタン。

具はピーマンとタマネギとウインナーの薄切りとグリーンピース、それも少量ずつ。

現代都会人である彼の、そして俺の、普段の日常的な食生活が、いかに毒々しいか物語るようだ。

いや、ナポリタンが不健康食だと言っているのではない。でも「ケチャップで真っ赤」なそれは、神の山熊野から見ると、世俗の極み、退廃の甘い魅力を強烈にイメージさせたのだ。

そしてＪＲ新宮《しんぐう》駅の駅前で、食べましたね、俺たちはそれを。

入口が不透明のガラスのドアで、そこにシールの花が貼《は》ってある店だ。いかにもいかにもだ。

実家にあったような模様の皿にのって、出てきたナポリタンは、まさに期待の一品だった。

嬉しくなるようなオレンジ色。

タバスコをドバドバかけて、粉チーズも雪のようにふりかけて。

フォークを使いながらも、まるでそばのように盛大に音を立てて、すすり食った。

う、味が濃い！　油がにぶい！　これこれ！

口の周りを真っ赤にして、油をピンピンとハネさせて、Tシャツにいくつもオレンジ色のシミを作りながら、夢中で食った。すすり、たぐり、かき込んだ。

ああ、こういうものから離れてたなあ、と思う。最近ナポリタンなんて、全然食べてないのに、実に親しみのある味。ケチャップの焦げた香りは、しっかり俺の大脳に刷り込まれていたんだな。

そんな自分がおかしくてたまらなくて、本当に声を立てず笑いながら食べた。ピーマンの切れっ端を口の中で噛《か》みしめたら、うれし涙が出そうにさえなった。

俺たちはいい年齢《とし》して、飢えた餓鬼のように、皿に顔を寄せ、舐《な》めんばかりに食べた。

ウマかった。ホントに、滑稽《こっけい》な文明のウマさだった。駄菓子的なウマさ。

食べ終わった皿が、ケチャップと油でデラデラと光っている。

合宿の意味が、修行の成果が、全部パーになるような満足感だった。悪魔的満腹感だった。

ようやく抜け落ちたかに見えた世俗の垢《あか》が、早くも全身を包み込んでいる。

彼は一週間ぶりのマイルドセブンを吸って、陶然としている。

俺はカルキ臭い水をゴクゴク飲んだ。それがまたなぜかウマい。

ふと店内の棚を見たら『美味《おい》しんぼ』が全巻揃《そろ》っていた。苦笑、納得、安心。そして俺達は東京へと帰っていった。

あれは忘れられない体験だ。

今も、時々猛烈にそういう昔のナポリタンが食いたくなる。でもそれは、あくまで昔懐《なつ》かしいスパゲティ・ナポリタンが食べたくなったときで、あの合宿後の渇望《かつぼう》とはやはり違う。

今また一週間あの合宿に行ったら、あの時とは違うものが食べたくなるかもしれないと思う。

果たして、それは何だろう？

カツパン健在

森田たま

長女と二人、新橋うらの喫茶店にはいってサンドイッチをたべようとしたら、ハムやビーフのほかに、ハンバークステーキや豚カツのサンドイッチがメニューに出ていた。ああカツパンがある、私はそう言って長女と顔を見あわせて笑い、豚カツサンドイッチを注文した。

やがて運ばれてきたサンドイッチは、焼いたパンの中にはさまれ、カツレツにはどろりとトマトケチャップがかかって、それにさ緑のレタス添えて、色どりも美しく、量もたっぷりしていて、その一つで軽いお昼に十分である。

長女が数え年十二の時の事だから、もうやがて二十数年むかしとなる。その頃牛込北町の停留所のそばに、「成田軒」という洋食屋があった。ほとんど出前が専門のちいさな店であったが、この家は神楽坂「田原屋」の師匠だそうで、百鬼園先生など大のごひいき、ぜひ一度成田軒のグラタンをめしあがってごらんなさい、田原屋のコキールとはまたちがった趣きがありますと、しばしば推奨になるので、うちでも三度に一度は田原屋をやめて、成田軒からとりよせたりした。さっぱりとした味の家であった。

二人の子供は矢来から北町の愛日小学校へかよっていた。お昼のおべん当はサンドイッチがいいというので、家でつくって持たせる労をはぶき、成田軒で買う事にしてあった。家の子ばかりでなく、他にもそういうお家があって、お昼どきにはワイワイと、成田軒の店さきから小学生が道路へあふれていた。子供がお金を持って買いぐいするのは、戦後の悪風のように言われているけれど、むかしの子供は堂々と洋食屋へサンドイッチを買いに行って、ついでにそこでカレーをパンの切れはしになすくってもらったりしたものである。

うちの男の子はカレーライスが大好物だったので、鍋の中でぐつぐつと煮えているカレーのそばへ鼻を持って行って、犬の子のようにくんくん匂いを嗅いでいると、成田軒のおばさんが、坊ちゃんパンをお出しなさいと、パンの切れはしでカレーをしゃくってくれた。それ以来男の子は毎日カレーパンをたべた。これはパン代だけでカレーはただである。

　女の子はカツドンというものに眼をつけた。お昼の仕出しはカレーライスのほかにカツ丼と言って御飯の上に豚カツをのせたものがよく出る。それを見ているうちに、御飯でなくてパンのあいだにはさんでもおいしんじゃないかしらと考えた。おばさん、そういうのをつくってよと注文すると、おばさんも成程これはいいかもしれぬと早速つくってくれた。パンは焼いた方がいいわ、豚カツにソースをかけて、キャベツをのせて、それをパンのあいだにはさむのよ、そうして食べいいように二つに切ってちょうだい。

　子供の言い分だと馬鹿にしないで、そのとおりにつくってみると、なかなかしゃれた味わいで、これはいける、一つ成田屋のカツパンで売り出そうかという話になった。そこで嬢ちゃん、ねだんはどれ位がいいかねとちいさくてもお客だから相談すると、そうね、カツ丼が二十銭だから、カツパンは十五銭ぐらいでいいんじゃないかしら。十歳の少女がねだんまできめたのである。

　子供たちからその話をきいて、うちでは翌日早速買いにやった。細長い二つわりで、形もよく、たべやすくもあり、いままでのサンドイッチとはすっかり趣きがかわっていて、大衆的な親しみ深い味がした。ちょうど上海から遊びに来ていた妹が、十五銭はすこし高いと言いながらすっかり気に入って、毎日のように取りよせ、それからよその店へ行っても、わざわざ注文してつくってもらったりした。

一年ほど経つと、カツパンはもう何処《どこ》でも珍しいものではなくなった。立派なレストランにはないけれども、とある町角のとある洋食屋というようなところには必ずある。日本在来の海苔巻やおいなりさんとおなじように、身近かな親しいたべものとなったのであった。

十年の戦争とその後の苦しさとが、カツパンの事などもうっかり忘れさせてしまっていた。そとで食事をする事もなく、およばれなれば高級な家ときまっているので、むかしを思い出す折りもなくて過ぎたが、戦後七年、ふと通りすがりに立ちよった喫茶店で、長女の幼ない日の創作ともいえるカツパンにめぐりあって、やはり思い出は胸にあふれた。ソースがケチャップにかわり、キャベツがレタスにかわって、しかしパンは昔どおりに焼かれてあって、アメリカ輸入のハンバークステーキと堂々肩をならべていた。十年絶えなかったものは、今後も大衆のあいだに生きてゆくであろう。カツパンに栄あれ。

ビーフシチューの話

庄野潤三

先日、一月前になるが、横浜の海の見えるホテルに泊った。そのときに食べたビーフシチューがおいしかったので、家内と二人で、またあのビーフシチューを食べに行きたいねと話している。

なぜ横浜へ行ったかというと、私どもがかねがねひそかに応援している宝塚歌劇団の和央《わお》ようかの宙組《そらぐみ》が地方公演に出かけることになり、その第一回が横浜の県民ホールで開かれるのを見物に行くので、県民ホールに近い海の見えるホテルについでに一泊することにしたのである。

宙組の和央ようかは、私ども夫婦の出身校である大阪の帝塚山《てづかやま》学院を卒業しているので、同窓のよしみで二人で声援を送っているのである。家内は和央ようかの会の会員である。

この宙組公演には、小田原に近い足柄の雑木林のなかに住む長女を誘った。長女も私たち同様、宙組和央ようかのファンであるから。

十月半ばの土曜日、私たちは横浜に出かけ、待ち合せ場所の海の見えるホテルで会った。ホテルに着いたら、入口のところに長女が立っていた。三人で県民ホールへ出かける。私たちの泊るホテルから歩いてすぐのところだ。このホテルでは、一年ほど前に長女夫婦に夕食に招待されて一泊したことがある。今度も横浜にある会社に足柄から通勤している長女の主人がホテルの予約をしてくれた。前に泊ったとき気に入った本館の方の部屋をとってくれた。

県民ホールに着き、大勢の見物客で賑わっている入口ロビイで、長女が持参してくれたサンドイッチとココアをおいしく頂く。

開演は十二時半。『風と共に去りぬ』。和央ようかの会の代表に妻がチケットを頼んでおいたら、前から三列目まん中のいい席をとってくれてあって、すぐうしろの席に和央ようかのお母さんが来ていて、連れの女の人がこちらの顔を知っていて引合せてくれる。ごあいさつをした。思いがけないことでよろこぶ。

『風と共に去りぬ』、よかった。三人でホテルに帰る。県民ホールからはいい散歩である。ホテルに帰り、本館三階の部屋に入る。落着いた、いい部屋である。私は上着だけ取ってベッドによこたわり、妻は長女と二人で今日の夕食をどこで食べるか、きめるために下見に出かけた。

さてこの海の見えるホテルでの夕食だが、どこがいいか？ この前、長女夫婦の招待で来たときは、京都のお店がやっている会席料理をご馳走《ちそう》になった。それも悪くないが、今度は洋食を食べたい。何がいいか。洋食といえばビーフステーキがいい。ところが、ステーキとなると、ナイフとフォークで肉を切らなくてはいけないだろう。それを考えると、ちょっと気が重い。

「ビーフシチューがいいな」

と私は妻にいった。

ビーフシチューなら、玉葱なんかと一しょに牛肉をやわらかく煮てあるから、フォーク一つで切り分けて食べられるのではないか。

「ビーフシチューがいいな」

と私は妻にいった。

妻もそうしますという。

さて、長女と一緒に下見に出かけた妻が部屋へ戻った。用事があるので、食事はしないでこれから帰宅する長女におみやげのチョコレートケーキを買って上げて別れたという。

その妻がいちばんに報告したのは、一階のカフェレストランという店のことであった。ここのショウケースに「オールドファッションド・ビーフシチュー」というのが出ていたというのである。

「オールドファッションド・ビーフシチュー」。昔風のお味のビーフシチューとはいいではないか。ピッタリだとよろこび、

「よし、それにきめた」

妻がいうには、ほかにイタリア料理の店もあったが、そちらは少し派手な店で、カフェ・レストランの方がよさそうだったという。それにきめた。こちらのお望み通りで、食べたいといっていたビーフシチューで、それも「オールドファッションド」というから、うれしい。

で、六時半に二人は一階のそのレストランへ行った。年配の男の給仕も親切で、私がお酒をたのむと「となりで借りて来ます」といってとなりの日本料理の店で酒をもらって来た。ビーフシチューの味は申し分なかった。デザートはアイスクリームをとり、私たちはすっかり満足して部屋に帰った。

二日酔いにオムライスとアサリのみそ汁
—ときわ食堂

永倉万治

巣鴨に仕事場があった頃、ほとんど毎日のようにときわ食堂に朝食を食べに行った。食事時は当然混んでいるし、夜になれば酒を飲む客でいっぱいになるから、あまり一人で行く気になれない。そこでいちばんすいている午前十時頃に行くわけだが、たいてい二日酔いの起きぬけということが多かった。

ここの良いところは、なんでも量が多い。熱いものは熱い。それからバラエティ豊富なメニュー。刺身、納豆、コロッケ、なんでもある。味噌汁《みそしる》だけでも三種類はあったと思う。そのうえ、すべてが安い。

だから注文をとりに来るおねえさんが少々無愛想でも、文句はいえまい。

二日酔いの朝は、典型的な日本の朝食をとることが多かったが、ある時からオムライスにアサリの味噌汁を食べるようになった。

　二日酔いですから、何を食べてもうまいはずはなく、やけくそ気味に普段食べないものを注文してやろうとメニューを貼ってある壁を見ていると、〝オムライス〟という文字が不意に目についた。二日酔いにオムライス。考えただけでも気持ちが悪くなりそうだが、僕はつい「オムライス」と言ってしまったのだ。相変わらず無愛想なおねえさんは、「オムライス、一丁」とふてくされたように言った。

　そして、ケチャップをつけたオムライスが僕の目の前にやってきましたよ。なにせ二日酔いですから食欲はないに等しい。どうにでもなれという気持ちでオムライスをスプーンで一口ほうり込んだ。なんだかうまい。さらにもう一口、こりゃあうまいやと、横に置いてあるアサリの味噌汁をぐっと飲むと、これまたうまい。熱い味噌汁が胃の中に落ちていくと、なんだか二日酔いがまた別の酔いに変わっていくようで、変にいい気持ちといおうか、自虐的といおうか、何か知ってはならないものを見つけてしまったような気がしたものだ。

　今は仕事場を引っ越してしまい、なかなか行けないが、貴重な食堂だったと思っている。

ミラーボールナポリタン

爪切男

私が拒食症を克服したことを祝し、料理が苦手なアスカが同棲生活四年目にして初めての手料理を作ってくれた。記念すべき最初の料理はオムレツ。断薬による禁断症状が起きた場合を考え、アスカが手にすると危険な刃物類は全て捨ててある我が家のキッチン。そんな状況でも作ることができる包丁を使わない料理。その一つがオムレツだった。形は崩れ、いたるところがボロボロに破れている。その上から乱雑にケチャップをぶっかけたオムレツは、電流爆破デスマッチで流血した大仁田厚《おおにたあつし》の背中のようだった。味付けも見事に失敗しており、正直食えたものではない。だが、このオムレツにはアスカの気持ちが隠し味としてたっぷり入っているのだ。数日振りに餌《えさ》にありついた野良犬のように、オムレツを一気にかき込み、「美味しかったよ」とアスカの頭をグリグリと撫でる。自分の料理を褒められたことが嬉しくて仕方ないようで、「何か食べたい料理があったらリクエストしてね！」とアスカは鼻高々に笑った。

　アスカシェフの作る「大仁田厚の背中風オムレツ」も捨てがたいが、私にとって思い入れの深い料理といえば、ナポリタンをおいて他にない。

　渋谷道玄坂のマークシティ裏、昼でも日があまり差し込まない薄暗い坂道を一気に駆け上ると、ほとんどの窓ガラスにスモークがかかっているあやしげなビルが見えてくる。その半地下に、「論《ろん》」というレトロな外観の純喫茶があった。私のような若造には敷居が高い珈琲専門店。そのお店のナポリタンこそが、私にとっての忘れることができない一品だ。

「論」を知ったきっかけは、毎度のごとくアスカに浮気をされた腹いせで立ち寄った風俗だった。

　プレイが終わった後の風俗嬢との世間話で、「渋谷でどこか美味しいお店ある？」というなんともアバウトな質問をした。ベートーベンによく似た無造作ヘアの彼女が教えてくれたのが、「論」だった。健康と栄養のバランスばかりを気にするつまらない料理研究家の言葉よりも、ちょっと無愛想な風俗嬢の「あそこのナポリタンがめちゃオススメ！」という無邪気な言葉を信じたい。私はこれまでもこれからもそうやって生きていく。

　ホテルを出ると夜の七時をちょっと過ぎたぐらいだった。仕事がバタバタした関係で朝から何も食べていない。教えてもらった喫茶店へ一直線に向かう。入口のドアを「えいや！」と勢いに任せて押し開けた。平日の夜とは思えないほどの人で賑わっている。木目調のインテリアで統一されたシックな店内に、洒落たシャンソンミュージックが流れ、タバコの煙が気持ち良さそうに泳いでいる。エスコートしてくれたのは、への字眉毛にギョロッとした目付きが奈良の金剛《こんごう》力士像にそっくりなおばちゃん店員だった。テーブルの上に、おしぼりとお冷《ひや》を投げつけるように置いて、おばちゃんが言った。

「お兄さん、体からラブホテルのにおいしてるよ！　風俗帰り？　スッキリした後だからお腹空いたでしょ？」

　店内の雰囲気をぶち壊す下衆極まりない台詞。それが南さんと呼ばれるおばちゃん店員との出会いだった。

　気を取り直して、風俗嬢オススメのナポリタンを注文。およそ十分ほどで目の前に大盛りのナポリタンが運ばれてきた。見た目は全くもって普通だが、少し太めのもちもち麺とケチャップのバランスがなんとも素晴らしい。ベチャっともせずカラっともしていない絶妙の混ざり具合だ。いい意味で適当にざく切りされた野菜、何の変哲もない普通のソーセージが普通に美味しい。いつだって本当に美味しい料理はシンプルなものだ。一緒に盛り付けてあるのがコールスローサラダというのは珍しい。

　お冷の交換に来た南さんがナポリタンにがっついている私を見て「本当に美味しそうに食べるね！　スケベなことした後にそんだけ美味しそうな顔で飯を食えるのはたいしたもんだ！」と大声で笑った。キンキンに冷えたお冷、純喫茶特有の上品な空間に響き渡る南さんの下品な言葉、シンプルで美味いナポリタン。この店に惚れた。

「論」に足を運ぶのは、決まって風俗帰りだった。少しも悪びれた様子がない私に最初は呆れていた南さんも、やがて観念して「スケベさん、今日はどこのお店に行ってきたんだい？」と馬鹿話に付き合ってくれるようになった。風俗帰りに美味しいナポリタンを食べながら、下品なウェイトレスとスケベな話に花が咲く。昭和のお色気ドラマのようなワンシーンがそこにあった。南さんみたいな人が母親だったら最高だなと常々思っていた。そんな私と同じように南さんの魅力にやられたボンクラ男どもで店は常に大繁盛だった。

　店に通い詰めて半年が経ち、すっかり常連客となった私に、「いつも来てくれるご褒美《ほうび》だよ」と南さんは自分の若い頃の写真を見せてくれた。写真の中で微笑む綺麗な女性は、フランス王妃マリー・アントワネットの肖像画によく似ていた。外国人のようなシャープな顔立ちがお世辞抜きに美しかった。昭和四十年頃、広島の場末のキャバレーで働いていた頃の写真らしい。今よりも景気が良く、何不自由なく楽しく働いていたが、オーナーが詐欺に遭い、南さんの働くキャバレーはあっけなく潰れてしまった。退職金が出ない代わりにお店の備品をもらえるとのことで、天井でくるくる回っていたミラーボールライトを持ち帰ったそうだ。水商売から昼の仕事へ転身し、収入の激減、どうしようもない男とのどうしようもない恋、結婚、流産、離婚を経験した。「堪え切れないほどの辛いことがあった日はね、真っ暗な部屋でミラーボールを回して、その光を見ながら泣くの。それで、また次の日からも頑張ったのよ」と南さんは他人事のように笑った。

　南さんの昔話を聞いた帰り道、大型量販店に寄って小ぶりなミラーボールライトを購入した。「無駄遣いしやがって！」とアスカにこっぴどく叱られてしまったが、「これはいい無駄遣いだよ」と笑い飛ばした。電気を消した真っ暗な部屋で安物のミラーボールがぎこちない動きで回り始める。赤、青、黄、緑の下品な色で構成された小宇宙が部屋の中に誕生した。若い時の南さんも、こんな風にミラーボールの光を見ていたのだろうか。文句ばかり言っていたアスカが「なんだかいいね」とミラーボールに吸い寄せられてきた。

その年の秋、南さんがお店を辞めることになった。病気で歩くことができなくなったお母さんの介護をするため、実家の秋田に帰るそうだ。「六十五歳にもなって、いつまでも東京にしがみついてるつもりもなかったしね。独り身で子供もいないアタシに残された家族は母親しかいない。いいきっかけだよ」と南さんは、また他人事のように笑った。

南さんに会える最後の日がやってきた。仕事を中抜けしてお店に顔を出す。凛々《りり》しきひねくれ者の南さんに、ちゃんとした別れの花は似合わないのでサボテンの鉢を贈った。「最後までいけすかないことするねぇ」と顔をくしゃくしゃにして笑う南さん。別れを惜しむ溢れんばかりの人で店内はいっぱいだ。各テーブルを回って、一人一人としっかり時間を取って話をする南さん。下品なくせに誠実。それがこの人の魅力だ。

私が待つテーブルに大盛りのナポリタンを運んで来た南さん。見慣れたいつもの光景のはずなのに、今日は変に緊張してしまう。

「来てくれてありがとね」

「風俗行かずに来ましたよ」

「えらいえらい」

「ははは」

「最後だからちょっとおせっかいするよ」

「え？」

「いつまでも風俗とかで遊んでフラフラしてんじゃないよ。一緒に暮らしてる彼女を大切にしな」

「……」

「私は本気で怒ってるよ。どうなんだい？」

「……」

「約束できないのかい！　だらしない男だね！」

そう言って南さんは店内に響き渡るぐらいの大声で「ガッハッハ」と笑った。

「今は遊んでいいよ。でも、中途半端に遊ばずにしっかり遊びなよ。私からはそれだけだね」

「ありがとうございます」

「あんたからは何かある？」

「南さんのことを『お母さん』って呼んでもいいですか？」

「ダメ。まだ甘えちゃダメ。そういう風に甘えん坊になるのは、ちゃんとした男になってからにしな」

「最後まで厳しいな」

「当たり前だよ」

「南さん、お世話になりました。頼むから長生きしてくださいね」

「お粗末様でした。元気でね！」

南さんが去ったテーブルにはナポリタンしか残っていない。この「論」のナポリタンを私は絶対に忘れない。

渋谷のお母さんと別れた日の夜、ミラーボールライトを点けたり消したりして遊んでいるアスカの背中を指でトントンと叩く。

「何か食べたい料理あるかって聞いてたけどさ。ナポリタン作ってよ」

ようやく届いたリクエストに、アスカシェフの目がキラキラと輝いた。


翌日、アスカオリジナルの、「包丁を使わずに作れるナポリタン」が完成した。形だけは綺麗に整えてきたが、はたしてお味の方はどうなのか。右手に持ったプラスチック製のフォークをナポリタンに突き立てる。テーブルにこぼした麺を拾って食べていたら「汚いよ！」と南さんに頭をゲンコツで叩かれた思い出。赤色でもピンク色でもないケチャップみたいな色をしていた南さんの口紅。ソーセージ色をした南さんのしわしわの肌。ナポリタンの具材全てから南さんのことが思い出されて泣けてくる。あんなババアなのに、一生忘れられない人になってしまった。

不安そうな顔で料理の感想を待っているアスカ。こいつがナポリタンをうまく作れるようになるのと、私が南さんに誇れるだけのいい男になるのはどっちが先だろうか。部屋の隅っこで回転するミラーボールの光を見つめながら、辛すぎるナポリタンをズルズルと口に運んだ。

※編集部注　この作品は私小説です。プライバシー保護のため登場人物のプロフィールは変更しています。

ダンシチューと中村遊廓

檀一雄

なくなった尾崎士郎《おざきしろう》さんや、坂口安吾《さかぐちあんご》さんが、まだ伊東にいた頃、上京してきて、みんなで落ち合うといったら、たいてい、新橋駅前の小川軒であった。

そこで、私も自然と、小川軒に馴染《なじ》んだが、その小川軒には、週に一度ずつは、きまって吉田健一氏の酔った笑い顔があり、カウンターのところには、ほとんど毎日といってよいほど、藤原義江《ふじわらよしえ》氏の赭《あか》ら顔が見えていた。

私は、ビフテキも好きだが、しかし、タンシチューや、オックステールのシチューが格別に好きである。

タンシチューや、オックステールのこってりとした舌ざわりを口にしながら酒を飲んでいると、まったく人間に生まれ合わせた幸せが、体いっぱいにふきこぼれてくるほどだ。

しかし、大ホテルのような仰々しいところで喰ったり飲んだりするのは、面白くなくて、やっぱり、人のざわめきが、絶えず身のまわりにあるようなところ、例えば、その小川軒とか、神楽坂の田原屋とか、フランスでいうビストロに近いレストランの方がいい。

ところで、いつものことだが、私は店に入ったとたん、牛の舌にするか、牛のシッポにするか、いってみれば、頭尾の間に、一瞬苦悶するのである。

舌の、均分な肉質のうまみも一口ほしいし、シッポの、骨にからみつく、ねばっこいうまみも、一口ほしい。さりとて、両方とも注文してしまうと、二皿のシチューに悩まされた挙句、何のために、こんな大それた注文のしかたをしたろうかと、まったくの話、うんざりする。

ところで、いつだったか、小川軒のオヤジさんが、私の苦悶をあらかじめ、見てとったのか、

「タンとテールを半々にしましょうか？」

といってくれた。

「そんなこと、デ、できるの？」

と私はうわずったものだ。やがて運びこまれた、舌とシッポのほどよくあんばいさ

れたシチューを見て、私はもちろんのこと大満悦。

その次から、小川軒に入るときには、

「タンとオックステールのアレ」

で、事は足りていたが、小川軒のオヤジも人が悪い。いつの頃からか、私の顔を見ると、

「ダンシチューでしょう？」

「ダンシチューでしょう？」

人前もはばからず、大声をあげるならわしになった。


さて、小川軒から、フッと尾崎士郎さんのことを思い出したので、なつかしいままに、少しばかり脱線しよう。

何年昔のことになるか、もう忘れたが、尾崎士郎さんと、林房雄さんと、私の三人、新橋の界隈で飲んでいたことがある。酔いが廻った頃だろう。

「最後の中村遊廓で、我々ひとつ、夜明かしで痛飲しようや」

という話になった。もちろん、提唱者は、尾崎士郎さんである。林さんも、私も、付和雷同して、一行には高橋義孝さんも迎えることになった。なにしろ、戦国時代の豪傑が輩出したゆかりの地の遊廓最後の日だから、私達が出掛けなかったら、ほかに、

誰が弔うものがあるだろう。

約束の日の特急が東京駅を離れるより早く、もう列車の中は前夜祭の観を呈していた。

中村遊廓に上がり込んでからが、大変だ。呼び集められる限りの女を呼び集めて、まるで私達四人の、引退披露祝賀大公演のありさまになった。もちろんのこと、あたりが白むまでである。

尾崎士郎さんのはしゃぎようといったらなかった。いや、林房雄さんの大乱痴気騒ぎ。高橋義孝さんときたひには、はいていたフンドシがなくなってしまったと、部屋部屋を探しまわっているありさまである。

さて、中村遊廓最後の日の宴も終わり、一眠りしてから、気がついたことだが、一体、会費がいくらになるか、想像も及ばない。はじめから、誰も聞いていないし、相談もしていない。

尾崎さんも持っている様子はなく、林さんも、高橋さんも、私も、あんなベラ棒な、桁はずれな、大宴会の会費など、持っている筈がない。

これが開店披露とでもいうのなら、宣伝のために、かなりの出血サービスということもあり得ようが、反対に中村遊廓最後の日である。

私達はウヤムヤのうちに帰ってしまったが、一体、どういうことになったのか、今もって、奇々怪々な一夜であった。やっぱり、尾崎さんが、あとの処理を、こっそり、つけてくれたものか……それにしたら、申し訳ないことをしたものだ。

話が脱線したけれども、ここいらで、タンやオックステールの話に戻すとして、北海道の札幌に、「北のイリエ」という、ひっそりとしたレストランがある。裏露地を入り込んだところに、まるで、かくれたようにして開いている店で、私は札幌に出かけるたびに、こっそりとこの店の閑寂を愛しながら、ビールを飲むならわしだ。

ところで、その「北のイリエ」のメニューには、「タンテル」という不思議な一品料理の名前が記入されてある。

いかなるものか、おそるおそる尋ねてみたら、「タンとオックステール」のシチューであった。ちょうど半々に盛り合わせた「ダンシチュー」なのである。爾来《じらい》、私は大喜びでその「タンテル」に乗り換えたが、「北のイリエ」では、馬鈴薯《ばれいしょ》の丸焼きなどもつくってくれて、一人で、こっそりと、旅の閑寂を楽しむには、もってこいの店である。

北海道の「タンテル」の話をしたから、今度は九州の風変わりな「オックステール」の店を紹介しておこう。

福岡の薬院《やくいん》の駅から、海の方に向かって、ほんの二、三分歩いたところに、「山本」という、「おでん屋」がある。おでん屋（?）といえるかどうか、「牛のシッポのおでん」という奴を売り出して、一杯飲ませる飲み屋である。「おでん」ではない。牛のシッポを長時間煮込んだ挙句、醤油《しょうゆ》の味を手際よくしみつかせた日本式「オックステール」の店であって、白髪頭のオヤジさんの弁によると、子供の寝小便を直したい一心から、この料理を創出し、やがてこの料理の一杯飲み屋をはじめたといっていた。

　その来歴も面白いし、その来歴を訥々と語るオヤジさんのことばをなつかしみながら、私はその日本式「オックステール」で一杯やるのを、喜ぶものである。

浅草の洋食

安藤鶴夫

浅草で、どこでたべたらいいだろうとよく訊かれる。じつァ、わたしの方から訊きたいくらいのものである。

まったく、なくなってしまった。昔ァ、わざわざ浅草へたべに出掛けたものである。と、なにもべらんめえにならないでもいいのだが、昔ァぐらいのことはいいたくなるぐらい、腹が立つ。それほど、ない。なんともはや、まことに情けない次第である。と、マクラを振っておいて、じつは浅草へいくと、かならず、一軒、寄る店がある。毎年、節分に観音さまの脇の、影向《ようご》堂《どう》で豆を撒かしてもらっているが、そんな帰り、かならずうちの者と一緒に寄る店である。

国際劇場で、春の踊りだ、夏の踊りだ、秋の踊りだというものをみたあとにも、きっと、わたしはそこへ寄る。

去年、節分の帰りに、いつものようにそこへ寄ろうと思っていたら、どうしても断り切れないところへ誘われて、とうとうその店へいかなかった。毎年、きまって豆撒きのあとそこへ寄って、浅草観光連盟でくれる安藤鶴夫と印刷した名入りの大入袋を、その店に二つ貰ってもらって、

「すみません、いつも……」

などといわれるのが嬉しく、そうしていたのが出来なくなったので、うちへ帰って、すぐ、その晩、今年はよそへいったので寄れなかった、毎年、いつも届けている縁起ものを、今年は持っていけないですまなかったと詫びて、万両というちいさな小判と、豆の入っているその大入袋を二た袋送ったら、すぐ、喜んで礼状がきた。

今年もおみえになると思って、心待ちにしていましたがみえないので、どうしたのだろうと、店の者と噂をしていたと書いてあった。

わたしはそんなことを喜んでくれる浅草びとがまだいることに感動したりした。

〝洋食・河金《かわきん》〟という店である。

国際通りといわれる通りである。右に、通りをへだてて松竹座、アンコール劇場などというのを横目にみて、もう少しいくと、埼玉屋、騎西屋《きさいや》、三州屋などという店が出てくる。昔なら縄のれん、いま風だと大衆酒場か。

埼玉屋というのには入ったことはなかったが、そのむかし、浅草をフランチャイズにしていた者で、騎西屋、三州屋ののれんをくぐらないものはひとりもあるまい。牛鍋が十五銭、飯は、たしか三銭か。なんでもお新香《しんこ》と書いた香のものが二銭で、ちょっとした小丼に山盛りだったから、二十銭あると、観音さまの裏の霊験あらたかな、かの著名なるお稲荷さんにおこもりをしたあくる朝なんか、二十銭だけ、お稲荷さんからぎっておけば、牛鍋で、飯がたべられたのである。

二軒とも、おなじような店が並んでいて、のれんの外にかすりの着物を着た赤いたすきの女が、

「いらっしい、いらっしい」

と客を呼びこんでいた。

不思議にいらっしゃいとはいわずに、いらっしいといったのは、どこかの国の訛りであろうか。

金ボタンの学生が、鳶《とび》の者や、土方や、人足という半纏着《はんてんぎ》と並んで、朝飯をたべたというのも、けだし、お稲荷さんの御利益故《ゆえ》にである。

そんな古戦場を通りすぎると、横丁の角が、ほんとうに、感応稲荷というのだからまたうれしいのである。

さて、洋食・河金は、つぎの横丁、つまり、国際劇場の手前を左へ曲って左側。片

側は国際劇場で、いつも、はと・バスだの、どこか遠くの五王観光バスなどというのがとまっている。足数をいうより、国際劇場の建てものの、廊下が切れて、トイレのはじまろうというあたりだと思えばいい。

はいると、向って右の方の料理場から、いらッしゃいましと、まず、威勢のいい声がかかる。

その前に、板を打ちつけた浅い台がとりつけてあって、少しぎゅうづめにすると、五人は並ぶ。左にテーブルが二つ、ここには四人ずつだから八人、それでだいたい一杯だが、五人連れの客なんか、そのテーブルのサイドに一人ぐらいは割りこめる。

そんなせまい店である。

「へい、上カツライス」

と注文を受ける。少しこげめをつけて、なんかと注文をつけると、

「かしこまりました」

という。いまどき、東京で、かしこまりました、なんていう洋食屋はそうはあるまい。

いつでも、料理場で仕事をしている男たちが、ぜんぶ、機嫌がいい。

こんな店でないと、上カツライスなんてもなァうまかァないのである。

うまい。これが洋食であろう。つまり、西洋料理じゃなく、洋食の味なのである。

わたしはいつもまだ皿の上で音のしている上カツと、冬なら、音のしているかきフライをとって、さらに少し音のしているコロッケをとる。

ちなみに、その御献立表の一部を書いておこう。一部である。

〝御料理〟（とくる。御なども嬉しいではないか）カツレツ70、上カツ１２０、ヒレカツ２００、串カツ（２本付）50、コロッケ（２ケ付）20、メンチカツ（２ケ付）70、ハンバークステーキ（原文のままである）１００、チキンカツレフ（フは誤植）１５０（位とちいさく。これも、この店の、うれしうましの御料理の一つである）略。つづいて〝御飯物〟ランチ２５０、カレー、ハヤシ（ハヤシとくるとこなどは、われら明治ッ子にはたまらんのである）ポーク、チキン、ヤキメシ玉子カレ入１００均一、特制（誤植）オムライス１２０もある。

自慢は特製百匁《もんめ》とんかつ、４００、特製百匁ビフテキ、特価７００位とあるやつだが、これはまだ試食する境地には至っていない。

亡くなった岡鬼太郎先生が、ある時、安いものをたべて、うまいまずいをいってはいけない、あれはいい、悪いというもんだといわれたが、河金の洋食はいいのと、うまいのとのごッちゃである。ちかくに、座敷の別館もある。結びに一と言、生きている洋食！

洋食「助六」

戸塚文子

洋食「助六」といったところで、有名でもなければ、立派でもない。むしろその反対なのである。

東京の神田駅に近い横丁で、何気なく歩いていれば、知らずに通り過ぎてしまうような目立たない小さな店だ。このあたりから日本橋へかけて多い銀行や会社のサラリーマンが、昼食を食べにくる。こざっぱりした背広を、きちんと着こんで、ホワイト・カラーという言葉が、いかにもぴったり合う人たちである。つまり、そんな人たちの間にだけ、知られている洋食屋なのだ。

酒場（バー）のように、カギの手になったせまいテーブルの前に、丸いモタレの無い椅子が八つほど並び、すぐ鼻の先にガス・コンロが燃え、がっしり太った親父《おやじ》さんが、黙黙と、料理している。椅子のうしろは、人間一人身体を横にして、やっと通れるせまさである。たて混んでくると、「お二階へどうぞ」といっているが、私はまだ二階へあがったことがない。二階だって、階下の様子から推して、とても広くはなさそうだ。

　私が二階へあがらないのは、カウンター式の目の前で、肉のジュージューというのを、見たり、匂いをかいでいるのが、好きだからである。フライパンや支那鍋やシチュウ鍋を、機械のような手順のよさで、素早く扱って、次次に料理を仕上げて行くのを、眺めているのが、なぜか気持がいい。自分の遠く及ばぬ名人芸を見る心地がするのかもしれない。あるいはもっと単純に、食べ物を待つ間の、奇妙なじれったさが、まぎれるせいかもしれない。それと、ほんのぽっちりは、自分が台所に立つ時の参考に、なるのかもしれぬ。いつの場合でも、連れがあっても話すのも忘れて、私はじっと親父さんの手元に、見入っている。

　親父さんはもう五十がらみだろうか。必要以上に口をきかず、それが特徴の、いかつい怒ったような顔付をしている。愛嬌の片鱗もないくせに、ふしぎにぶあいそうという感じはしない。

　私がこの店へ行き始めたのは、「うまいハヤシ・ライスを、スープ付き百二十円で、食わせるうちを、発見しましたよ」と、勤め先の同僚から、誘われて以来である。サラリーマンの昼めしの楽しみ、ことにそうした「発見」の、ちょいと鼻をうごめかしたいような、ひそかな自慢の喜び、これはサラリーマンをした人でないと解るまい。

　それまで私は、百円前後のハヤシは敬遠してきた。カレー・ライスの方は、百円前後でも、結構おいしく食べられるのに、どういうものか、安いハヤシはイタダきかねるのが、多いからである。ところが助六のハヤシは、仕事仲間がわざわざ案内してくれただけのことはあった。第一、たいていの安洋食のハヤシ・ライスのように、一ぺんにたくさん作ったのを、ただ飯の上にかけて出すのではない。注文毎に新しく作るのである。だから玉ネギがクタクタのドロドロに、なっていない。それに肉が、レバーと半半にしてある。煮汁の味かげんにも、よく心がくばってある。量がすごくたっぷりなのも、働く人向きなのかもしれぬ。そういえば、この店の発見者は、われらの仕事仲間では、随一をほこる大食漢であった。私には多過ぎるので、ご飯の量を減らすように頼んだら、十円引いてくれた。このへんも、サラリーマン相手の商売の妙味なのかもしれない。

　ハヤシもたしかに手頃だが、それよりもこの店の看板は、ビーフ・シチューのようだ。これまた、安い洋食屋のビフ・シチュー（ビーフと引っぱらない）といえば、たいてい、ジャガイモ、ニンジン、タマネギの中に、小間切れ肉がチラホラ入ったゴッタ煮が多い。だが、この助六のは、ヒモでしばった大きな肉のかたまりを、よく煮こんで、ソース（煮汁）がたっぷりかかっている。丸のままのキャベツを、ざっくり何分の一かに割ったのを、さっとゆでて、添えてある。ゆでかげんが、何ともいえずよく、新鮮さを失わず、しかもやわらかい。それとジャガイモが一つ、ホワイト・ソースをたっぷりかぶっている。

ビーフ・シチューにもスープがつく。ポタージュで紅茶茶わんくらいの大きさのカップに、入っている。このポタージュは、この店のすべてのお皿に、サービスとして付いているらしい。シチューの肉とキャベツが大切れなので、ポタージュとともに、充分おなかが一ぱいになり、主食の入る余地がない。男の人でもロマンス・グレー級になると、「メシはいらない」といっている人が、多いようだ。そうすると百五十円の昼食になる。

外にはトンカツ、ポークチャップ、タン・シチュー、オムレツぐらいで、できる品数は多い方ではない。カウンター式のせまい店で、お客の回転をはかるには、品数の少ない方が、いいのかもしれない。それにあまり何でもできると、どれにも力が注げなくなって、特徴を失う結果になるかもしれない。

どうして、店の名を「助六」などと、およそ洋食には縁遠い歌舞伎好みな、おしる粉屋みたいな名にしたのか、それだけが疑問である。親父さんにきいてみようと思いながら、視線が合っても、とっつきにくい顔をしているので、未だに問いただせずにいる。

いつもこころにオムライス

平松洋子

卵焼きをつくるとき、いつもどきどきする。

使う卵は、卵焼き用のフライパンにちょうど合う五個。大きいのをつくって、二度くらいに分けて食べる。その五個をかしゃ、かしゃ、かしゃ、割りはじめて三つ過ぎたところでいったん手が止まる。

いっぺんに五個も使っていいのだろうか。

贅沢《ぜいたく》すぎやしないか。

もったいなくはないか。

戦時中の生まれでもないのに、こと卵にかんしてはおどおどしてしまう。惜しげもなく卵を割るという行為が贅沢に思われて、後ろめたい。

適正個数はやっぱりひとり一個でしょう。目玉焼き、ゆで卵、炒り卵、ひとり一個だと過不足がなくて安心する。ただしオムレツのときは二個ＯＫ。だって、一個では貧相だし、しょんぼり元気のないオムレツほど哀しいものはない。オムレツはやっぱりふわあっとおおらかでなくては。

やわらかな卵の黄色。つやつやふっくらした柔肌。もうそれだけで幸福感でいっぱいになる。いじけた気分のとき、つくりたてのオムライスなんかそっと出されたりしたら、肩を震わせて泣いてしまいそう。

いつもこころにオムライス。

オムライスにはひとを幸せにする包容力がある。優しさがある。気だてのよさがある。

「おれ、こどものころ誕生日にかならずオムライスつくってもらってた。その日はケチャップかけ放題だぜ」

目を細めて教えてくれた男のひとがあった。とうに五十を超えて白髪まじりになっても、オムライスは禁断のおふくろの味なのだと懐かしむのである。わかる。ようくわかる。わたしもおなじだったから。

小学生のころ何年間か、母に頼んで誕生日は絶対オムライスと決めてもらっていた。フライパンいっぱいに広げて焼いてくれる丸い卵焼き、それを破らないようチキンライスの山をていねいに包みこみ、そうっとまわりを整える。

「さあできた！」

わたしのぶん、妹のぶん。ふた皿並んだ黄色い風景はとくべつ感たっぷり。そこにまっ赤なケチャップで特大の花丸もよう。うっとり酔いしれて、スプーンで崩すには勇気がいった。誕生日にはちらし寿司でもなくハンバーグでもなく、やっぱりオムライス。ぶっちぎりの幸福感に浸った。そのオムライスが、もうじき運ばれてくる。

日本橋「たいめいけん」。オムライスのことをかんがえるといてもたってもいられなくなり、地下鉄に乗って日本橋をめざし、ぜいぜい息を切らしながら改札を駆け抜けて店のまえまでやってきた。

ところが、長蛇の列である。それもそうだろう、「たいめいけん」が自他ともに認める大名物こそオムライスだもの、みなオムライスめがけて結集したのだと勝手に決め、にわかに連帯感をおぼえる。連れのＹ田青年、オムライス好きの同僚のＹ嬢、われわれ三人も一致団結する。

「ひさしぶりなんですオムライス。わくわくしちゃう」

「こどものころから大好物なんですよ。なにしろぼく、卵がだいすきで……」

行列の待ち時間に、Ｙ田青年の思い出話で時間をつぶす。卵かけごはんがすきでたまらないという話。酔っぱらうたび父親から聞かされてきた、近所のひとから戦時中に卵を譲ってもらった恩は一生忘れないという話……卵話が止まらなくなったY田青年にてきとうにあいづちを打っていると、ついに順番がやって来ました。

昼一時二十分。「たいめいけん」はぎっしり満員。ようやく席に落ち着いてなにげなく周囲を見回すと……やっぱり。右のおじさん二人組はオムライス、左のカップルは女性がハヤシライス、男性がオムライス。その向こうの男性ひとり客もオムライス。そのまた向こうも……。昼どきの「たいめいけん」はオムライスの祭りだった。

いやもちろん、昭和六年創業の老舗《しにせ》「たいめいけん」だからメンチカツとかビーフコロッケとかポークソテーとか、ずらり並んだおなじみの洋食はどれもこれも信頼の味。リーズナブルな値段できちんと質を守りつづける姿勢は、いつ来てもさすがだなと思う。そのうえ、このご時世に、伝説のボルシチ五〇円もコールスロー五〇円も健在だ。カニクリームコロッケやビーフステーキを食べているお客もいるけれど、やっぱりオムライス支持率は圧倒的である。

ただし、ひとくちにオムライスといっても「たいめいけん」のそれは奥が深い。メニューを開くと——。

オムライス　一六五〇円

オムハヤシ　一八五〇円

芝海老のオムライス　一八五〇円

牛肉のオムライス　ガーリック風味　一八五〇円
タンポポオムライス（伊丹十三《いたみじゅうぞう》風）　一八五〇円
タンポポビーフオムライス　二五五〇円

ぜんぶで六種類。人気を二分するのはオーソドックスなオムライスと、ケチャップライスのうえにのせたオムレツを自分で切り、とろとろに広げるタンポポオムライス。

「うわあ迷っちゃいます」

「どれも食べたい。食べてみたい」

煩悩のかたまりになったあげく、食い意地たっぷりにようやく決めた。「たいめいけん」初体験のY田青年はオムライス、Y嬢は牛肉のオムライス、わたしはタンポポオムライス。三種類べつに頼んで、おたがい少しずつ分けてもらおうという魂胆がみえみえである。

それにしても、左右の席の皿の黄色がまぶしいこと。こんもり豊かなオムライスの小山に差し入れるスプーンの動きを、思わず息を詰めて凝視してしまう。こら行儀わるいぞと自分をたしなめても、気がつくとまた視線が戻っている。三人揃《そろ》って気もそぞろ。

「おまたせいたしました」

いまか、いまか。待ちわびていた声で我に返ると、まずY田青年のオムライスの登場である。白い皿にぴっかぴかの黄色い太陽が燦然《さんぜん》と輝いて、祝祭のおもむき。条件反射でスプーンを握るY田青年。その意気やよし。オムライスはできたてのやわらかさがおいしさの最高潮。すぐ召し上がれ。

「じゃ、お先に遠慮なく」

ケチャップをたらりとかけたそのとき、牛肉のオムライスとタンポポオムライスも運ばれてきた。みんな競うようにして、こどもになる。

オムライスは、ハムと玉ねぎ入りケチャップライスを卵でふんわり巻きこんだうつくしい紡錘形《ぼうすいけい》。そこへ自分で好みの量のケチャップをかけていただくオーソドックスなスタイルだ。いっぽう、タンポポオムライスはのっけからイベント感たっぷり。プレーンなオムレツが、鶏肉と玉ねぎ、マッシュルーム、グリーンピース入りケチャップライスを盛った上にのっけてある。ぼよん、ぼよん、ぶるるん、タンポポオムライスは表面張力たっぷりに揺れる。それをスプーンの先で破ると……とろっとろの半熟卵。それを無慈悲にも上下に押しひろげてゆくわけです。

いたいけな町娘を手ごめにする悪代官だろうか、わたしは。

プレーンオムレツが胸を露わにはだけてしまうと、いや、まちがえた、半熟卵の海が広がりきってケチャップライスをすっぽり包みこんでしまうと、見渡すかぎり黄色ただ一色、花畑のような夢見心地の世界があらわれた。向かいのふたりを見やると、すでに自分の世界に浸りこんでいる。わたしも、いますぐ。

　タンポポオムライスの名前は、伊丹十三監督第二作めの映画「タンポポ」で撮影協力をしたのをきっかけに、メニューに載せるようになった。それにしてもあのシーンの鮮烈さといったらなかった。もとコックだったホームレスの男（高見《たかみ》映《えい》）がこっそり深夜のレストランの厨房に忍びこむ。昔取った杵づか、冷蔵庫からありあわせの材料を勝手に出し、みごとな手つきで刻み、炒めてケチャップライスをつくる。すぐさま卵を割り、ほぐし、熟練の技でオムレツを巻き、それをチキンライスのうえにのせてナイフを当てると――。

　この食べ心地は「たいめいけん」だけのもの。黄色と赤いごはん、さらにまっ赤なケチャップをたらして三つ同時にすくい、口に運ぶ。とろっとろの半熟がごはんにしなだれかかり、舌のうえで身も世もなく抱き合うからこっちもいささかたじろぐのだが、照れている場合ではない。心中覚悟で海に飛びこむと、あとは悦楽のただなか。

「いやあ……」

　頬を紅潮させたY田青年がスプーンを宙で止めた。皿に視線を移すと、もう半分以上食べ終えている。

「なんですか、このおいしさは。笑っちゃいます」

　スプーンで口に運ぶたび加速してゆくのだ。オムライスは意外にも変化に富んでいる。紡錘形のはじっこは、卵そのもののおいしさ。右へ進んでいけば、卵とごはんの量のバランスがおのずと変わり、おいしさも変わる。ケチャップをでろんとかけた場所にさしかかると、きゅんっと甘酸っぱい。小学三年生になっているすがたを見たら、とても「ひとくちよこせ」とはいえません。

「しあわせですう」

　連発しているのはＹ嬢である。「牛肉がごろごろ、ごはんはぱらぱら、中身だけでもじゅうぶんおいしい」「なのに、さらに卵に包まれてる贅沢ときたら」「バターの風味もたっぷり」とつぎつぎに的確な論評を下したあと、とどめの名言を放った。

「オムライスを食べながら別れ話はできませんね」

　どんな愁嘆場《しゅうたんば》をも幸せに引きもどす底抜けの明るさ、これがオムライスの真価です、とＹ嬢は看破するのだった。

　一時四十五分。三人はそれぞれのオムライスを一気に夢中で食べきった。

　満足感に酔いながら地下鉄に向かう帰り道、Ｙ田青年がふと真顔になって聞いてきた。

「食べた直後はもうひと皿イケるぜ、と思ったんです。ところが、すんごい満腹感。いったい卵、何個つかってるんでしょうか」

　そうなのよ。わたしもおなじことをかんがえていた。二個じゃきかない。では三個だろうか。いや、もしかして。かしゃ、かしゃ、かしゃ、卵を割る音が脳内に鳴り響き、走り出した地下鉄のなかで妄想がふくらんでゆく。いずれ真実を確かめなければならない。

大阪・心斎橋の大丸の角を曲がってまっすぐ行ったあたり。たしかこのへんだった。きょときょと見回すと、あそこ！　くっきりブルーの看板に白い抜き文字で「明治軒」。

「昭和元年創業　浪花《なにわ》の味」

「明治軒」が心斎橋に店を構えたのは昭和三十七年、一途に家族経営を守ってきた洋食専門の老舗である。あいかわらずの健在ぶりがうれしい。きょうはわざわざ新幹線に乗って大阪までオムライスを食べに来た。

「しかしどうなんでしょう、ぼくたち。酔狂もたいがいにしないと」

ちょうど正午、新大阪駅に滑りこんだとき新幹線のとなりの席でY田青年が自虐的なせりふを吐いた。ふむ。しかしね、お言葉ですがそれは違うよ。わたしはきっぱり言った。

「あのね。オムライスを知ろうというなら、ぜったい食べずにすませられない味が心斎橋にある。これは酔狂なんかじゃない、一途なオムライス賛歌」

名だたる洋食屋がしのぎを削る大阪ミナミにあって、「明治軒」のオムライスはわが道をゆく味。信じがたい手間ひまがかかっていながら、具はなにも入っていない。けれど、一度味わうとくせになる。その証拠に、一日にオムライスだけで五百皿以上を売り上げる。もちろんこのわたしも、「明治軒」のオムライスが忘れられない。だから、どうしてもあらためて食べずにはいられなかった。誰にもまねできない独自の味を守り続けてきたのは、家族三代と職人さんが一体になって磨いてきた技のたまものである。

ドアを開けると、年季の入った庶民的な木のカウンターとテーブル席にぎっしり満員のお客。カウンターのなかで、これまた年季の入った歴戦のコックさん五人、きびきびと立ち働いている。お客の注文を厨房に通す声も元気のいいこと。

「オムライ1、五本セット2!」

「カツカレー3、いきまーす」

おいしそうな洋食にありつける予感に、オムライス巡礼の気分が盛り上がる。

「活気ありますねえ。さすが大阪だなあ、わくわくしてきました」

ではさっそく注文しましょう。せっかくだから名物のオムライスセットがおすすめです。

オムライス&串五本セット　一一五〇円

オムライス＆銀串（豚ヘレ＆野菜のフライ）　一〇五〇円

オムライス＆エビフライ（またはチキンカツ、コロッケ、ポークカツ）　九五〇円

「串」は串カツのこと。オムライスの横に揚げたての串カツがつく「明治軒」ならではの満腹セットである。

「せっかくだから、ポタージュ三〇〇円もつけちゃおうかな」

「いいねえ。じゃあわたしも」

洋食は、メニューを読んでいるだけで頭がくらくらしてきますね。ハヤシライス、カレーライス、ポークチャップ、ハンバーグ、ビーフシチュー、ハムサラダ……どんどんこどもにもどる。隣の男性ふたりのオムライス組が、スプーンの背でぺたぺたソースを伸ばしながら話している声が聞こえた。

「やっぱりええな、ここのオムライス」

「ほんまに。なんや癒やされるわ」

わたしたちも一刻も早く癒やされたい。なつかしい味わいのクルトン入りポタージュを飲んでいると、たたみかけるようにオムライス＆串五本セットの登場だ。奥にこんもり、つやつやかな黄色い紡錘形のオムライス、手前にこんがり揚げたての串カツ、ゆでキャベツ。たっぷりかかったスパイシーな香りの茶色のソースが食欲をぐっとそそる。

まずスプーンでオムライスをすくって味わう。このこく、このうまみ。「明治軒」の味と感激の再会だ。

「不思議なおいしさですねえ。ごはんにしっかり味がついてて、あとを引く」

Y田青年はオムライスにかかったソースをちょいとつけた串カツを合いの手にしながら、やっぱり一気に平らげてしまった。

なにも入っていないのに、くせになるうまみ。その秘密は「チョコレート」にある。といってもただのチョコレートではありません。牛すじ肉と牛もも肉をどっさり炒めてから三日間煮こみ、ミンチにしたのち四角く切って保存する通称「チョコレート」こそ、「明治軒」のうまみのもと。なにしろ材料がはんぱではない。

牛すじ肉二kg　牛もも肉四kg　バター九〇〇g　玉ねぎ九kg　ブイヨンキューブ一五〇g　フォン・ド・ボー八五〇mℓ　赤ワイン七五〇mℓ　塩二〇〇g　こしょう四〇g

材料も手間も惜しげなく注いだ「チョコレート」をベースにこしらえたペーストで、ごはんを炒める。すがたはないのに濃厚な肉の滋味がぎゅっと凝縮したおいしさ、これが「明治軒」のオムライスの秘密だ。

「ほかの料理は手を抜いても（笑）、オムライスばっかりはぜーったい手が抜けませんわ」

亡くなった二代目の妻で、一手に店を取り仕切る井本啓子さんが言う。

「オムライスがまずい言われたら、終わりですからね。それ以外の料理は、高くておいしいとこ、よそにいっぱいありますもん。でも、うちのオムライスだけは較べようがないと思うてます」

だから、オムライスに遣う神経のこまかさは半端ではない。じつは、四階の厨房も入れるとコックさんは総勢十六人。日に五百以上もの卵を、殻の細かいかけらが混ざらないよう、細心の注意を払って一個ずつ自分たちで割る。漉《こ》せば簡単にかけらは除けるけれど、卵のコシがなくなる。注文に追われながら新鮮な卵を手早くほぐす手際のよさも、おいしさのうちなのだ。

ごはんをまんべんなくぱらりと炒めるにも、じつは熟練のテクニックがいる。

「うちのコックさんたちの腕、神業やと思います。ごはんの白い部分をなくそうとしてうっかりペーストを多くして焙《あぶ》ると、ねっとり粘って辛くなってしまう。さらっと焙って、いつもおなじ味。巻くのとおなじくらいの技術がいります」

そしてこんどは手早く卵のなかに巻きこむ。カウンターに座っていると、目のまえで巻きこむ光景が見られるのだが、これまた神業。あっというまに完璧なかたちのオムライスが皿のうえに現れる。かぶりつきで観察すると、こんなふう。

①専用のフライパンにラードを少量入れる。

②一個半ぶんの溶き卵を流し入れる。
③箸の先で全体をかき混ぜて寄せ、ふわあっとボリュームをもたせる。
④半熟になった瞬間、あらかじめ炒めたごはんを入れる。
⑤フライパンのカーブを巧みに利用して、巻きこみながら皿にのせる。

「後ろから見てて、お客さんが言うんですよ。『なんやえらい簡単そうやな』って」

苦笑いするのは「明治軒」勤続三十五年のコック、萩野進さん。あまりの注文の多さに、いつのまにかオムライス専門になって久しい。

「こうやってひっくり返して倒すだけに見えるんですけどね、焦げ色がついたらあかんし、火に負けてフライパンに卵がくっついてもあかん。ま、長年の馴《な》れですけど、気を抜くといっぺんでだいなし。それにオムライスはずしっと重いから、一日に何百回、何千回と振ってると腕を痛めるんですわ」

ほら、と見せてくれたひじには名誉のサポーターが巻いてあった。

オムライスを皿に移したら大急ぎ。もたもたしていると、卵は秒単位で硬くなってしまうから、巻きたての瞬間に皿を運んでいってもらいたい。串カツとセットの注文が入ると、二種類のできあがりのタイミングをぴたりと合わせなければならず、さらにハードルは高くなる。

大阪のお客さんほどシビアな存在はない。おいしくて当たりまえ。安くてなんぼ。

少しでも味が落ちれば、さーっと客足は遠のく。さらにミナミは、きびしい条件をクリアする者だけが生き残れる過酷な土地柄だ。ただし、注いでくれる愛情もそのぶん濃いから、励まされもする。啓子さんは、義父と亡夫ふたりの言葉が身にしみこんでいる。

「不況で売り上げが低迷してたとき、値段あげようや言うたら怒られました。やかましい、わしはお客さんに喜んでもらえたらええんじゃ、って、ふたりとも同じこと言うて。オムライス六五〇円にしてから、もう十何年も値段上げてないんです」

　オムライスは、井本家の絆のシンボルでもあった。

「『百人のうち六十人は満足してくださる味を崩したらあかん』。主人の口癖でした。もしそこを割ったらえらいこっちゃ、ですわ」

　じつは、ペーストでつくる発想は串カツの仕込みのときに出る肉の切れ端をむだにしないところから来た。おいしい肉を生かせないか。知恵を絞って試行錯誤を繰り返して行き着いたのが、オムライスのごはんの味つけに使う方法だったのだ。手間ひまかかるけれど、これが「明治軒」の味なのだから譲れない。

「このあいだ、なじみのお客さんに言われたんですよ。『おまえらには、ここのうまさは絶対わからんわ。どんだけありがたい味かわからんやろ』と。ほんまにうれしかったです」

口は悪いが、浪花の味は人情の味でもあるのだった。

ポタージュスープ、オムライス、串カツでおなかいっぱい。帰りがけ、「ごちそうさまでした」と厨房のコックさんたちにあいさつしながら、「明治軒」に流れているなごやかな空気のなかに大阪の誠実と懸命さをひしひし感じた。

気になる卵問題がまだ残っていた。ふっくら食べ心地満点、あの「たいめいけん」のオムライスはいったい何個なんだろう。

スタンダードなオムライスもタンポポオムライスもとろとろふんわり、卵の贅沢感がたまらない。「たいめいけん」にのこのこ聞きにいくと、三代目の茂出木《もでぎ》浩司《ひろし》さんがあっさり教えてくれました。

「あ、四個です。昔は二個だったんですが、伊丹監督の映画のあとオムライスがブームになって、そのあたりでとろとろふわふわの食感が定着したんです。もうあとには退けなくなっちゃって、以来ずっと卵四個が定番になりました」

一瞬くらっときた。そうだったのか。ひとりぶん四個！　自分ではとうてい使えない数、割る勇気のでない数である。オムライスはなんといっても卵が主役。だからこそ、卵の品質には神経を遣う。

「岩手や栃木から生みたての新鮮な卵を毎日直送してもらっています。やっぱり安心で安全な卵じゃないとね。放し飼いで育てた鶏が生んだ卵で、しかもあざやかな黄色が映《は》えるもの。やっぱり卵そのものがおいしくなくては」

　だからこそ、わざわざ名物のオムライス目指して食べにきた満足感が味わえるというもの。

「昔は、うちの人気メニューはラーメン、海老フライ、カレーライス。そして定番のボルシチ、コールスローだった。ところが一九八五年にタンポポオムライスを出しはじめてから、急にオムライスが看板メニューになっちゃった。いまでは日本橋の本店だけで一日に二、三百皿出ています」

　おそるべし、オムライス。日本橋「たいめいけん」も心斎橋「明治軒」もどちらも洋食ひとすじ三代目、昭和のはじめから代々白いコックコートに身を包んだあるじが厨房に立ち、店を率いてきた。その歴史を、いま一身に背負っているのがオムライスだったとは――。

　なのにオムライスは、いつも太陽みたいに明るくて、やさしくて、陽気ににこにこ笑っている。

　ありがとう、オムライス。

いまもおんなじ味だあ—コックドール（高知市）ハヤシライス

山本一力

洋食という語に、わたしはすこぶる弱い。

大好物であることが、弱いわけのひとつ。

もうひとつは、洋食という語には格別の思い入れがあるからだ。

母の稼ぎだけで、小学生ふたりの子を養う母子家庭。これが高知のこども時代だった。

検番《けんばん》の帳場勤めだった母は、出勤は午後からでよかった。が、帰宅は深夜である。

宴会がお開きとなり、芸者衆が検番に戻ってくるのは午後十時の見当だ。

「今晩の大阪のお客さんは、ほんまに気持ちがええひとやった」

「太郎姐《ねえ》さんと文弥《ふみや》姐さんは、これからあのひとたちのところへ行くがやろう？」

売れっ子の姐さんたちは、さっさと着替えて、宴席で馴染《なじ》みとなったお客のもとへと二次会に出向く。

芸者衆全員が検番を出たあと、火鉢の炭火を落とし、戸締まりをし、玄関わきの常夜灯を消す。これが母の仕事だった。帰宅は毎夜、午前零時を過ぎていた。こどもふたりは、とうの昔に熟睡している。そんな寝顔を見て、母は床についた。午前一時が間近というころである。

それでも翌朝は、季節にかかわりなく六時には起き出し、朝飯の支度《したく》を始めた。こどもと母が食卓をともにできるのは、朝食だけだった。

昼は学校給食。夜は母がちゃぶ台に置いていった十円で、惣菜屋で買ってきたおかず。いまでは想像もできないだろうが、昭和三十年代の高知では、五円でコロッケだのてんぷら（魚のすり身の揚げ物）だの、煮豆や煮物だのが買えた。

自分が稼がなければ、こどもが養えない。分かっている母は深夜まで毎日働いた。働きながらも、毎晩、ひとり五円（十円は妹とふたり分だった）のおかず代で晩飯を食うこどもが、不憫《ふびん》でならなかったのだろう。

一年に数日しかない仕事休みの日には、日頃の埋め合わせと思ったのか、こどもが望む献立を拵《こしら》えてくれた。「カレーライスが食べたい」

思えばわたしは、カレーライスしか言わなかった。これがわたしの洋食だった。

強い香りのするカレー粉を、小麦粉と一緒に炒めるところから料理は始まる。カレーの香りは強烈で、借家の裏に広がっている原っぱにまで漂ってきた。

カレーはあのころのこどもの大好物だった。「だれんくがカレーを作りゆうがぜよ？」

ガキ大将の問いに、わたしは胸を張って「おれんくやき」と答えた。

いつもはいない母が、今日はいる。その母が、こどものためにカレーを調理している。母がいると、カレーの香りが教えてくれている。

カレーはもちろん大好きだった。が、それ以上に、母が夕餉《ゆうげ》どきの家にいることが嬉しかった。

黄色いカレーは、でこぼこだった。ジャガイモやニンジンが形のまま残っていたからだ。野菜はたっぷりだが、肉はほとんどない。

妹の皿に肉の気配を察するや、母の目を盗んでスプーンでさらい取った。

カレーのときには、ちゃぶ台にウスターソースが出ていた。そのソースをかけるのが、我が家のカレーの食べ方だった。

黄色いカレーにソースをかけると、色が変わった。変わり具合を目で味わうのも、カレーを食べる楽しみだった。

あれは小学五年の秋だったから、昭和三十三（一九五八）年のことだ。

日曜日に大運動会が催されたため、翌日の月曜日は学校が休みだった。

「気持ちように晴れちゅうきに、また墓参りに行こうか？」

母の言葉に、妹とわたしは小躍りした。

とはいえ墓参りが嬉しかったわけではない。墓参のあとは、母親がなにかを食べさせてくれた。山に分け入って先祖のお参りをした褒美《ほうび》である。それが楽しみだった。

十月中旬だったと思うが、斜め上の空にいる太陽はでかかった。夏を思わせるほどに、陽差しが強かった十月の月曜日。

母の出勤は午後からで、三人とも昼飯がまだだった。「たるばあ汗をかいたき、なにを食べてもおいしいやろうねえ」

母が言った通り、わたしも妹もシャツの背は汗まみれだった。

「気張って、洋食屋さんに行こうかねえ」

天神橋を渡りながら、母は小声でつぶやいた。顔は白い日傘の内に隠れている。しかしどれほど小声でも、こんなおいしいつぶやきを聞き逃すわけがない。

「おれはカレーが食いたい」

橋を渡るひとが振り返るほどの大声とともに、母のたもとを引っ張った。山道を登る墓参の折りでも、母は着物姿だった。

「今日はカレーよりも、もっとおいしいモンを食べさせてやるきに」

答えを聞いて、妹とわたしは見開いた目を見交わした。

洋食屋さんに行くというだけでも、非日常の出来事である。母はさらに、カレーよりも美味いなにかを食べさせてくれるという。

スキップをしながら、そして母にまとわりついてうるさがられながら、洋食屋さんへと出向いた。

入ったのは中の橋通りの『コックドール』である。白いドアの店の前は、もちろん何十回となく通り過ぎていた。が、入ったのはこのときが初めてだった。

「ハヤシライスを三つ」

母が注文した品がなにであるか、わたしも妹も想像ができなかった。ハヤシライスなる言葉は、そのときが初耳だった。

なんのことやろう？

耳慣れない言葉の意味を、あれこれ思い巡らせた。

カレーライスのライスがごはんのことだとは、小五のわたしは知っていた。ハヤシライスにも、ライスがついている。きっとごはんに、なにかがかかっているに違いない。

　ここまでは想像できた。しかしハヤシがなにかは見当もつかなかった。

ハヤシにカタカナではなく、漢字やひらがなを充《あ》てた。それゆえ、ますますわけが分からなくなった。

　銀色のスプーンと、コップがテーブルに置かれた。スプーンは鈍い光を放っていたし、氷の浮かんだコップは外側に露を結んでいる。

　冷蔵庫はまだ家庭になかった時代だ。コップに浮かんだ氷は充分なご馳走《ちそう》だった。

　口に含み、カリカリと音を立ててかじっているとき、ハヤシライスが運ばれてきた。

　大きな洋皿は純白。形よく平らに盛られているごはんは艶々《つやつや》と光っていた。

　ライスの盛られた皿とは別に、銀の容器に入ったハヤシが供された。チョコレート色で、まったくかいだことのない香りを放っていた。

　母はコックドールのハヤシライスを食べたことがあったらしい。「これをごはんにかけなさい」

　彼女が示してくれた手本通りに、妹とわたしはハヤシをごはんにかけた。そして銀しゃりとハヤシをスプーンですくい、口に運んだ。

　最初に感じたのは、トマトの味だった。

　借家裏の原っぱには、トマトが植わっていた。育てていたのは気前のいいおんちゃんで、小僧たちに好きにとっていいと言ってくれた。

ほどよく熟れたトマトをむしり取り、粗塩を皮にまぶしてかぶりついたものだ。

ハヤシライスのひと口目に、わたしはトマトの味を強く感じた。

いまもって、トマトもケチャップも大好物である。ハヤシライスの味は、超がつくほどの好みだった。

嬉しいことに、大きなお肉がいっぱい入っていた。タマネギと一緒に食べると、肉と旨味を競い合うかのような、未知の味覚が楽しめた。

母親が拵えるカレーは、野菜の形ででこぼこしていた。食えども食えども、果てしなく野菜の味がした。

コックドールのハヤシライスには、我が家では味わうことのできない「肉と野菜が溶け合った旨味」を堪能できた。

「そんなに慌てて食べいでも、だれも取りやせんきに」

モノも言わずにひたすら食べるわたしを、母はたしなめた。が、最後のひと口を食べ尽くすまで、わたしは銀のスプーンを手から放さなかった。

ハヤシライスが名物だという店は、世にあまたある。評判を耳にするたびに、いまでもわたしはいそいそと出向く。

ひとの味憶《みおく》は確かなようでいて、まことにあやふやだ。こども時分に口にした味には、美味さに思い出が加わっていることが多い。

ゆえに長じたあとで食べたときは、純粋に美味さを計れないこともあるのだが。

コックドールのハヤシライスは、いま食べてもお見事だと思う。そしてスプーンを口に運ぶたびに、遠き昔の思い出も味わっている。

洋食衰えず（抄）

古川緑波

洋食――と、ただそう書いてある看板。その下に、煉瓦《れんが》亭《てい》。
但《ただ》し、これは、むかしの煉瓦亭とは場所が違う。むかしのは、現在の銀座三越の裏の小路にあった。それが本店で、戦争の前に、銀座本通りを突切った向う側、つまり服部時計店側の、裏通りに、支店が出来た。その支店の後身が、つまり、現在の煉瓦亭である。

　むかしの煉瓦亭といえば、カツレツ（と言ったら、むろん豚カツ）の大きいのが売りもので、「大カツ」と註文《ちゅうもん》すれば、皿からハミ出すようなのが来て、ソースをかけると、ジューッと音がしたもんだ。豚カツというものは、その後変貌して、ヒレ肉の分厚い奴が、本場もののようになり、現在では、どこの「とんかつ屋」でも、豚のヒレを使っている。

これは、上野、浅草の喜多八とんかつあたりからの流行《はやり》で、僕に言わせれば、豚カツの脂身の無いのなんか、絶対美味《うま》くない。

トンカツと言えば、「のばせばのびる」の式に、サイダービンでトントンたたいてのばせるだけのばした、平べったい、それも脂身沢山の奴が、本格的だと思う。スカシて見ると、「何だい、こりゃあ脂ばっかりじゃないか」というようなのが寧《むし》ろ本筋だ。

で、煉瓦亭のトンカツは、僕に言わせりゃあ、最も本格的な、トンカツだった。

トンカツと言えば、これ、ポークカツレツとは違いますよ。コトレット・ド・ポルクという西洋料理の一種類が、日本的洋食化したものだ。むかしから、そういう日本的洋食屋ってものは、高級レストラン、その頃の、欧風西洋料理店とはまた別な、誇りを持って、気軽に（食い方のエチケット抜きで）食わせるのが、自慢だった。

だから、お客の方でも、その店へ入ったら、メニュウを取り寄せて、「ええと、スープは、ポタージュにしよう。うん、その前に、オードヴルを」ってなことを言わずに、いきなり、「おい、熱いとこ一本つけてくんな」と言い、すぐ続けて「そいから、大カツを一チョウ」と、こう来なくっちゃあ通《つう》じゃない。

何のことはない、西洋式おでん屋だ。そこで、菊正の二合ビンか何かが運ばれる。

ガラスの中くらいのコップに注いで、チューッと吸いながら、カツの来るのを待つ。

カツレツが来たら、ナイフとフォークでえイえイと皆切ってしまう。バラバラに切っといてから、ソースを、ジャブジャブとかける。

で、そいつを、正宗を飲みつつ、一片ずつゆっくり口へ運ぶ。

帝国ホテルや、その頃のエイワンあたりの、エチケットとは、全く違うのである。

さ、そういう式の、日本化された洋食屋の、銀座界隈だけでも何軒と在った昔よ！

煉瓦亭は、現在で言う東銀座だが、向う側の、西銀座に、日吉亭あり、八洲亭あり。

（八洲亭と書いて、ああ懐しい。戦争も苛烈を極めし頃食わしてもらった、ホワイトシチュウの味を我は忘れず。オバさん健在と聞く。また会いたいな）

そして、屋台にまで、青葉亭などという有名な（？）店が、あったものだ。

こういう店を思い出していると、銀座ばかりではなく、わが想い出は、小さな翼を持って飛ぶのである。

上野御徒町のポンチ軒よ。これは、日本化洋食店としては、やや高級であった。あの、とろけるような、ビーフ・シチュウを忘れない。そして、この店のトンカツは、その頃から分《ぶ》あつで、やわらかいのが売り物だった。

ああそして、下谷花街に、清光亭の合の子弁当を食いし昔！　合の子弁当という名に栄光あれ。清光亭のそれは、特にゴハンが美味いので有名だった。

その頃の、僕の遊蕩は、各花街の洋食と共にあった。新橋は、プランタンの焼サンド。雛妓と戯れつつ、その皿盛りのサンドウイッチの上に、お子様ランチの如く、小さな旗などの立っているのを喜びしかな。

赤坂は、からす亭の、パン・コキールと共に夜が更けた。あの味に最近、同地に於《おい》て再会し、涙しつつ食べた。

パン・コキール、それは何国の誰の発明ぞや。

牛込は、オザワの、富士見町は、平河軒の――と、岡場所は、ごめんこうむりまして、いっそ浅草は、ヒライ軒に飛ぼう。

ヒライ軒の、野菜シチュウを知るや君。

騎西屋の、ドンブリのヨンチュウ――いづみやのカメチャブ――これは脱線。

等等等――

と、僕の「舞踏会の手帖」は、とめどもなく、空かけて行きそうであるが。話を元へ戻そう。

ここは銀座裏煉瓦亭である。

「むかしの通りやってるのかい？」

と言いながら、僕は、一隅へ陣取った。

「先ず、トンカツだね」

メニュウを見ても、この度は、「大カツ」というのは、見つからない。

そこで、ただトンカツと註文した。

やがて運ばれたトンカツは、大きさは、昔の大カツよりやや小であるが、やっぱり小さくはない。

衣《ころも》の色が、昔のように、カラッと揚がっていない感じで、艶が無い。一寸見《ちょっとみ》は、ガラスの、ショウケースに飾られた、ロウ細工の見本品の如し。

果たして、この味は、昔と同じでありましたろうか、遺憾ながら、次回の読みつづきと致します。

煉瓦亭の一隅で、先ず、のっけに註文したトンカツが運ばれたのを見て、むかしの煉瓦亭の「大カツ」とは、第一、衣の色が悪いんで、少しがっかりした。

ソースのビンに手をのばして——あ、この店も、いわゆるトンカツソースって奴か。僕は、このドロドロした、トンカツソースって奴は、どうも嫌いだ。

だが、他にソースも見つからない、すべていま式で行こう。

ソースをかけて、さて食ってみる。

衣が、全くいけません。むかしの、さらッと揚がったパン粉の味は無く、モソモソと衣は衣、中身は中身という感じ。

だが、食べて行くうちに、ハタと気がついた。

トンカツ戦後版だぞ、こりゃあ。

ってのは、トンカツソース（なんてものは、断っとくが、昔は無かったんですよ）の味に合わせて、つくられているんだ、これは。

どうせ、いくら凝ったところで、トンカツソースをドロドロかけて食われちまうんだ。そう思って、それに合わせている。

つまりそれは、関西のライスカレーの立場に似ている。

はじめて、大阪の、神戸の、洋食屋（大ドコじゃありませんよ）で、ライスカレーを食った時、こりゃまあ何て甘《あま》いんだ！　と吃驚《びっくり》した。しかし、それが、関西では、ライスカレーには、ソースをかけて食べる。（そして、生卵をまた一つ、ぶっかけるのが上等となっている）という風習のあることを知ってから、ああそれで、わざと、こうして甘くしてあるのか、と釈然としたことがあるが、それだ。

煉瓦亭主人は、現在の風潮に抗し難しと見て、料理の味の方を、ソースに合わせてしまったのだ。

いえ、そう思って食うと、いただけた、このトンカツ。

そして、トンカツの傍に、山ほど添えてあるキャベツの刻んだ奴（生のまんまのキャベツなんて、兎じゃあるまいし、こんなものを出すのは、日本の洋食だけだぜ。と言う人ありき）を、頬張るに及んで、またもや僕は、嬉しくなった。

生のキャベツの中に、セロリーが、刻み込んである。それが嬉しくて、このトンカツ一皿、キャベツの山も悉《ことごと》く平げてしまった。

そして、ここでは、このトンカツで、飯を食うのが、恐らく一番美味いのだろう、と思った。

しかし、僕は、ここで飯を食ってしまうわけには行かない。（僕は、探究を続けなくてはならない）

メニュウを見て、ホワイト・シチュウというのを次に註文した。

運ばれて来た、そのホワイト・シチュウを眺めて、ああ昔から、ここでは、こんなのを食わしたっけ、と思い出しながら、匙《さじ》を取る。

ホワイト・シチュウとは、すなわちアイリッシュ・シチュウのことで、じゃが藷《いも》、人参、そして牛肉が、白ソースで煮込んであるんだが、この牛乳くさい、うどん粉くさい、如何《いか》にも野暮くさい味に、恐らく外国では味わえないであろうところの、日本洋食の特徴があるように思える。

ホワイト・シチュウ、量が少ないが、値段も百円也。

量が少ないから、まだ食える。

そこでまた次に、メニュウを見ると、あったぞ、それこそ昔なつかしい、メンチ・

カツというのが！

ああメンチ・カツは健在なりき。

挽肉にパン粉を附けて、そこへ木の葉のような刃型が入れてある、全体の形も、木の葉の形をしているのだ。

木の葉の形をした、メンチ・カツ！

こんな料理は、僕の礼讃するところの、日本洋食以外にあろうとは思えない。

むかしの恋人にめぐり逢ったような心持で、僕は暫《しば》し、メンチ・カツを眺めていた。

そして、これを食い終ると、ああ貪慾倦《あ》くところなきわが胃袋よ！　もう一品。

しかも、それは、ライス物と来ました。

ハヤシ・ライス

しかし、流石《さすが》に、ハヤシ・ライスの、褐色の肉と、玉葱がゴッテリと載《の》っているゴハンの皿を前にした時は、わが胃袋も、「腹も身のうちだ」と、つぶやいたようであったが。

ハヤシ・ライスも、無論、日本洋食の一種に違いない。ハッシュド・ビーフ・アンド・ライスを林《はやし》ライスと呼び馴らしたもの。

ついでに言えば、オムレツと、ライスのコムビによる、オムライスなんてものも、いみじくも発明された、日本洋食の粋であろう。

（あ！　今思い出した。戦前、それもずっと以前の、銀座タバンというレストランのベジタブル・ライスというのを）

そして、これらの日本洋食ゴハン物は、一流大ドコの、チキン・ドリアとか、何々のピラフというたぐいより、何と日本人の好みにピッタリしていることよ！

（大阪南の、大雅のスープ・ライスも、忘れたら、マダムに怒られるだろう。いわば西洋のお雑炊といったもの。酔後などに適《ふさ》わしいものである）

ゴハン物のついでに、西洋ずしというのがあったのを御存知だろうか。戦前――戦中にかけて、銀座の函館屋で取り次いでいた。

ゼリーで、かためたハムや、その他色も鮮かな海老などの載っている、西洋ずし。

歳徳の、サンドずしというのもあった。

おおそして、銀座裏に、ヨーロッパおでんというのがあったのを（僕は、里見《さとみ》弴《とん》先生に教わった）覚えている方があるだろうか。

これこそは、完全に、日本化した洋食。

おでんの鍋の、幾つかに仕切ってある中に、いろいろな（キャベツ巻、ビフシチュウその他）洋食が、煮えているのである。

その、おでんの鍋に立ちのぼる湯気のかなたに、思い出は、かすみ行く。（なんてネ）

東京の食べものや—小川軒

吉田健一

烏森《からすもり》大通りから相当遠いように書いたが、どういうものか、そこを出ると直ぐにガアドまで来て、ガアドを潜ると、新橋駅の正面と向い合った所に小川軒という西洋料理屋があることについては、前にも度々触れた。しかし今までは、そういう店が本当にあるかどうか解らないふうに扱って来たから、この機会に小川軒が実在することをはっきり断って置きたい。新橋駅が東海道線の終点だった時代から、駅と向い合っている店で、当時は汽車の客がここでまだハイカラだったビフテキやオムレツを食べたものらしい。その伝統があるので、小川軒は今でも手軽な食事をするための店である。カウンタアを距《へだ》てた調理場を前にして食べるのが一番気楽でいいが、そのこっち側に卓子《たくし》も幾つか置いてある。ビフテキがこの店の名物で、ただこれはまだ食べたことがない。ビフテキなどというものは、雑誌社の注文で食べ歩きでもしていない限り、余りどってりしていて、飲む邪魔にならないかと心配になる。しかしカウンタアの向うで焼いているここのビフテキは確かに旨そうで、そういえば、ここのハンバアグ・ステエキもその外観から、一度頼もうと思っているのだが、まだ果していない。

この店で前から食べているのは、牛の尾のシチュウである。これは別に変った料理ではなくて、どこでもたまにはメニュウに載《の》っていることがあるが、始終これを煮込んで用意しているのはここだけではないかと思う。これを食べ出した頃はただ味が濃いのが嬉しかった。しかし最近になって気が付いたことに、このシチュウは確かに牛肉の匂いがして、その点、今日では相当な値段でなければ手に入らない上等な牛肉に匹敵している。それから牛の尾をぶつ切りにした真中の所は骨で、それが皿一杯にごろごろしているのはいかにも盛りだくさんな印象を与えても、骨は食べられないから、量はビフテキ一人前程は多くなくて、ビイル一本、あるいは二本とこの料理一皿で昼の食事にはちょうどいい。また、この記事が出る頃はもう遅いが、ここの牡蠣《かき》は旨い。牡蠣フライが名物でもちろん生でもくれる。的矢《まとや》の牡蠣だそうで、十月半ばから三月半ばまでである。

小川軒はちょっと駈け込んで牛の尾のシチュウを搔《か》っ込むのにもいいが、もう一つ、この店の特徴は、家庭生活に利用出来ることである。ここのサンドイッチや前菜を折に詰めて貰《もら》えば、家に持って帰ってかなりの御馳走になるし、牛の尾も（これをオックス・テエルと呼ぶことを前に書くのを忘れた）、二人前位が汁の煮こごりとともに、家で温めて直ぐに出せる容器に入っているのを売っている。その汁をドミグラスというのだそうで、このどろどろして旨いソオスは、例えば茄で卵に塩と一緒に使っても、ただ御飯に掛けただけでも、楽しみにするに足りる。その他にサラダでも、ロオスト・ビイフでも、その他、大概のものは家に持って帰れて、西洋料理が好きならば、これは知って置くと重宝な店である。そして新富鮨同様、ここも窓にカアテンを掛けて中が見えなくしたりしているので、気を付けていないと通り過ぎてしまう。

西洋亭

獅子文六

昔の横浜に、いわゆる西洋料理屋が、二軒あった。半日本化した店なら、他にあったようだが、純洋食というのは、二軒のみだった。その一軒が、西洋亭だった。

西洋亭が、私の記憶に残ってるのは、日露戦争頃であるが、無論、それよりも遥か以前から、開業していたのである。西洋亭のテーブル・ナイフは、尖端が錐《きり》のように、鋭かった。そんな原形のものではなく、長年、磨き上げているうちに、擦り減ったのである。それをもってしても、歴史の古いことがわかるが、あまり切れ味がよ過ぎて、当時、幼童だった私に、母親は、いつも取扱いを注意した。

西洋亭は、南仲通り一丁目にあった。東京の日本橋界隈《かいわい》に相当する関内の中心であるから、邦人の上顧客が多かったが、外人客も多少はあった。

店は、路地のつき当りにあった。私は、銀座草創の頃の洋館建築を知るほどには、老人でないが、それを想像する手がかりは、いつも、この西洋亭だった。木村荘八氏の挿絵もまた、西洋亭を思い出させる。半熱帯風の木造二階建洋館であるが、ただ、ひどく、小さく、可愛いのである。子供の私が、そんなふうに感じたのだから、実物は、よほど、小ぢんまりしていたのだろう。階上に二間、階下に一間の客室があり、テーブル・クロスがいつも、純白で、部屋のリノリュームも、ペンキも、常に、新しく塗ってあった。狭い階段を昇るところに、柱に石油ランプが掛っていたが、室内は、ガス灯だったと記憶している。

西洋亭の料理は、非常にウマかった。今から考えると、フランス料理の系統ではなく、雑種の料理だが、日本コック（西洋亭主人）が、自分のものにして、磨きをかけたというようなものだった。得意の料理は、ロースト・チキンとコロッケだった。その頃は、ロースト・チキンのことを、グレロ・チキンといった。グリルド・チキンの訛《なま》りであろう。

コロッケは、今ほど、下等な料理ではなかった。材料も、吟味していた。しかし、フランスのクロケットのように、白ソースで肉を和え、パン粉なしで揚げるという式のものではない。大体、今のコロッケの体裁であったが、ただ、形がひどく細長かった。俵形であるが、小指の一関節ほどの細さであった。三個が一人前で、パセリが添えてあった。

　これが、非常にウマかった。あんな、ウマいコロッケは、その後、日本でも、外国でも、食べたことがない。西洋亭に出前を頼む時は、私は、いつも、コロッケといった。私ばかりではない、母親や姉も、同様だった。掛けソースはなく、塩か、ウスター・ソースで食べるのだが、内容のひき肉のウマさが、特別だった。恐らく、三種ぐらいの肉を、ミックスしたのであろう。

　そのコロッケを食う時に、パセリを一緒に食うと、大変、ウマかった。今では、パセリなんて、どこにもあるが、当時は、西洋野菜は、八百屋で売っていなかった。私は、パセリという名も知らず、食べていた。非常に、いい匂いがした。誰かが、この頃のパセリは匂いがなくなったことを、書いていたが、日本の土で、長く育てられると、香気を失うのかも知れない。

　西洋亭へ食べに行った時に、まだ小娘だった私の姉が、ロースト・チキンをナイフで切り過《あやま》って、指を切った。西洋亭のナイフは、非常によく切れるので、かなり、深く切った。純白のテーブル・クロスが点々と、血潮に染まり、姉は、シクシク泣き出した。すると、西洋亭の主人が、鶏のナマの皮を持って、二階へ上ってきた。そして、姉の指を、クルリと、鶏の皮で捲《ま》き、その上に、繃帯《ほうたい》をした。コックといえども、時には、指を切ることもあるが、その場合には、この療法をとるのが一番だというようなことを、しきりに、私の母親に話していた。姉の傷が、それですぐ癒《なお》ったか、どうか、記憶していない。

　西洋亭は、私の家の裏側に当るので、私が、屋根歩きをすると、西洋亭の物干に、飛び移ることも、自由だった。屋根歩きは、私の得意の芸で、本町一丁目の南側の屋根は、端から端まで、歩行した経験があった。町中だから、物干に、盆栽など列べてあるが、ある家の橙《だいだい》の盆栽に、大きな実が生《な》っていたのを、捥《も》いでしまって、文句を持ち込まれたこともあった。

　西洋亭の物干には、いつも古パンが干してあった。歯型の残ったパンもあった。客の食べ残しや、古くなったパンを、乾燥させるらしかった。

「きっと、それを、パン粉にして、コロッケや、フライに、使うんだよ。イヤだね」

と、母親が、顔をしかめたそのパンの一片を、屋根歩きをする時に、盗んで食べてみたが、カビ臭くて、まったく、ウマくなかった。

　西洋亭の洋食を、私は、十三皿食べたことがあった。もう十四、五歳になった時だった。法事か何かで、親類の客を、西洋亭に呼んだ時に、母親は、ご馳《ち》走《そう》をするつもりで、前から、西洋亭の主人と相談して、十皿のコースをつくらせた。その頃は、今とちがって、一コースの品数が、非常に多かったように、覚えている。その癖、前菜なぞは、出ないのである。スープはつくが、その他は、魚一皿に、肉の皿が無数に出る。鶏、牛肉――これは、三種類ぐらい、そして、豚肉、最後に、ハム・サラダが出る。ムヤミに、品数を多くするのが、ご馳走となっていたらしい。

私は、その時に、十皿のコースを食べ、最後に、ハム・サラダを三人前食べた。さすがに、女のお客さんは、最後の皿に手をつけなかったので、それを貰《もら》って、食べたのである。ほんとに、ノドまで食物がつかえるという感じだった。現在の私の胃の状態で、その真似をしたら、恐らく、死ぬであろう。しかし、私は、外へ出て、三十分ほど、キャッチ・ボールをしたら、じきに、胃の軽快を感じた。大食は、十代が、一番できるのではないか。二十代になると、他の欲望の方の大食が、始まってくる。

西洋亭には、お菊さんという娘がいた。娘といっても、年増くさい感じの女だったが、日本髪に結い、ジミな縞の着物を着て、客のサービスをした。彼女が出るのは、ナジミ客だけで、他は男のボーイだった。当時、女給というものはなかった。お菊さんは、五代目菊五郎に似ていたが、あの頃は、あんな顔だちの女が、多かったのではなかろうか。眼が細く、腰が細かった。弱々しそうで、気がきいて、愛想がよく、ボーイ頭の役を、立派に勤めていたようであった。

彼女は、西洋亭の一人娘で、婚期がおくれているようで、うちの母なぞは、お菊さんはどうするのだろうと、心配していた。しかし、彼女が三十ぐらいになって、店のコックを養子に貰い、西洋亭の跡を継いで、関東大震災の頃までは、盛業していたようである。そのずっと前から、私の家は東京に移ったので、お菊さん時代の西洋亭は、知るところが少ない。

しかし、彼女の娘時代に、西洋亭の食堂は、ガス灯だったが、階下の便所の側には、石油ランプが釣ってあり、その下を彼女が洋食の皿を持って通行した姿が、どういうものか、ハッキリと、瞼《まぶた》に残っている。木村荘八さんの絵なぞから、逆に、現実をこしらえあげたのだろうか。

ステーキとノコギリ女

寄藤文平

銀座四丁目の王子製紙本社ビルの斜め向かいに王子サーモンの店がある。二十年前、そこはギャラリーだった。美術大学でつくった作品をそのギャラリーで展示するということになって、僕ははじめて銀座に来た。貧乏で飢えた学生にとって、銀座はどれもこれもが高い。食事などもってのほかだった。しかし展示会の準備が終わった日、あまりに腹が減ったので、はじめて銀座で食事をした。ギャラリーを出て、なんとなく三越の裏手を歩くと、蔦《つた》に覆われたボロい定食屋が目に入った。よくわかんないけど、とにかくここにしよう。銀座に来たといってもギャラリーと駅の往復しかしていなかったので、そこが本当の意味で銀座との出合いだった。

店に入ったとき、ほかのお客さんが僕をジロジロ見ているのが視界の端に感じられたし、「お食事、召し上がりますか？」と聞く店員の眼が微妙に困惑している気がした。ただ、僕は空腹で朦朧《もうろう》としていたから、そこに漂う「テメェ！　ここは汚い学生が入っていい店じゃねーんだよ！」という空気を感じとれなかった。事態に気づいたのはメニューを開いたときである。まずい。ここは定食屋じゃない。値段のゼロがひとつずつ多かった。あとで知ったが、そこは「みかわや」という有名な高級洋食店であった。考えてみれば三越は銀座の一等地。その裏に蔦に覆われた定食屋なぞ、あるわけがなかった。

　店内ではみな美しい服を着てカチャカチャと小さな食器の音をたてながら談笑している。僕は膝《ひざ》の抜けたジーンズにヨレヨレのパーカー、しかも風呂にも入っていなかったから顔は黒く髪はフケだらけだった。向かいの女がこちらを睨《にら》むようにジロジロ見ている。間違えました。そう言ってすぐ席を立とうとして、しかし、ここで帰るのはなんだか悔しいような気もした。なんだお前ら、人を変な眼で見やがって。俺は何も悪いことはしてねぇ。このまま帰ってたまるか。食ってやる。断固、食ってやる！そんな意味不明の憤りがこみ上げてきたのである。

「この、フィレステーキのやつ、ください」

　あのときの店員の顔は忘れない。なんというか白目を剥《む》いたモナリザみたいな顔だった。してやったり。そのステーキはメニューの中でも高額の品だった。自分の意地と今月の生活費の全額をそのステーキに張ったのである。
　待つことしばらく、はたしてステーキが出てきた。ところが、それは僕の考えとはまったく別のものだった。小さい。腹ぺこの学生にとって、それはあまりに小さい肉だった。もしかしてこの肉、おかわり自由なの？　僕の意地がコロンとした肉の塊《かたまり》に化けて、皿の真ん中に放置されている。しばらく無言で肉を眺め、僕は考えた。なるほど、これが銀座のステーキか。わかった。これで腹はふくれまい。そのかわり完璧に食ってやる。俺が銀座に負けてないところを見せてやる。僕は背筋を伸ばした。それはマナーを守るためでも、場の空気に合わせるためでもない。ナイフを丁寧に使うためだ。

　ナイフの使い方を教えてくれたのは父である。ナイフは少し立てて肉の角から押して切る。このとき、刃が肉面に対して同じ角度で当たるようにしないと、肉の繊維はキレイに切れない。ナイフを肉面と直角に保ち、かつ刃のカーブに沿って手を動かそうとすれば、自然と脇が締まり、手首の運動で刃を押すようなフォームが生まれる。イメージとしては水を飲む白鳥の首みたいに動かす感じだ。手は前後ではなく上下に動くことになるわけだが、ここで、背筋が伸びていないと肘《ひじ》が詰まって腕を自由に動かせない。だから、まず背筋を伸ばすのである。

おそらく人生で最も丁寧《ていねい》に味わったステーキであろう。小さく厚い肉がナイフの圧力で歪まないように、やや内角にナイフを入れ、フォークの圧力を微妙に呼応させて、手首を白鳥の首のごとく動かした。肉の繊維一本一本を意識しながら、皿に刃先がこすらないように気をつけつつ、切り取った断片は静かに口に運んだ。口に入れたらしばらく噛み、さらに繊維が粉々になるまで味わう。正直、味はよくわからなかったが、その所作は完璧だったと思う。食べ終わった皿は、ソースを残して肉だけをかき消したように美しかった。ありがとうございます。皿を下げるとき、店員がお礼を言った。

勝った。完璧に食ってやった。小さな肉だったが、ものすごく集中して食べたから妙な満腹感があった。ふと見ると、向かいの女も肉を食べている。僕を睨むように見ていた女だ。二十代後半ぐらいで、光った感じの服を身につけ、髪も爪もキラキラである。しかしそのナイフの使い方はほとんどノコギリであった。刃をギコギコと肉にこすりつけて皿をキーキーいわせている。ナイフの角度が悪いから力んで背中が丸くなり、上体をかぶせて肘を前後させるその動きは、ほとんどビリヤードだった。にもかかわらず、口にフォークを運ぶときだけ背筋を伸ばして、あたかも上品な女を装うではないか。この女、バカか。そのキレイな服やキラキラの爪は、お前にとってのなんなんだ。こんなノコギリ女にジロジロ睨まれたのかと思うと、おさまっていた憤りがまたこみ上げてきた。これが銀座か。これが銀座の大人ってもんなのか。

その七年後、なぜか僕は銀座にデザイン事務所を構えることになって、それから十三年、銀座にいた。ボロボロだった松屋の壁がピカピカになって、カルティエやエルメスがオープンし、ユニクロに若い人たちが集う街になったけれど、僕の中の銀座は、あのときから変わらない。キラキラした女がエルメスの玄関へ男の手を引いていくのをみながら、やはりこれが銀座なのだと感じる。ただ、今はあのノコギリ女をバカとは思わない。あのギコギコしちゃう一生懸命さみたいなものに、人間の愛おしさというか、そういうものを感じるようになった。逆に、その感じがわかるようになって、ようやく銀座を楽しめるようになったような気がする。どうして銀座が大人の街とよばれるのか、今はわかる。あの蔦の建物は取り壊されてしまったが、「みかわや」は新しい三越の中に入っているそうだ。あれっきり一度も行っていないけれど、次に行くときは、きちんとした格好で行こうと思っている。

銀座・資生堂パーラー

池波正太郎

年齢《とし》をとるにしたがって、懐旧の情が濃くなるという。

このごろ……。

週に何度か、これだけがたのしみで出かけて行く映画の試写を観《み》終《お》えてから、知らず知らず散歩の足が、生まれ育った浅草へ向くのをどうしようもない。

そして、また、去年あたりから、散歩の前後に何か食べたくなったとき、銀座の〔資生堂〕へ行くようになったのは、同じ理由なのかも知れない。

私が〔資生堂〕の洋食を口にしたのは、もう四十年も前のことで、それから約八年ほどの間、この店の味に親しんだのち、銀座も資生堂も私たちも戦争に突入し、洋食どころのさわぎではなくなってしまった。

その戦前の味が、いまも変らずに厳然として存続していることは、戦前の銀座が、いまも尚《なお》、味に残っていることなのだ。

資生堂パーラーのチーフは、四十六年間、このパーラーではたらいている高石鍈之《たかいしえいの》助《すけ》で、戦前の味を、

「数量的に、塩も胡椒《こしょう》も、これだけのものにはこれだけと、厳密に決められていて、意識的に壊さぬようにしているのです」

ということだ。

戦後の三十年間、すべてが目まぐるしく変ったのに、ここの味だけが変らぬ。変らぬままに、戦前の繁栄をも持続している。

これは、まさに、

「持続の美徳」

というものであるまいか。

もっとも私がいう資生堂の味とは、九階建のビルに変貌《へんぼう》したこの店の七・八階をしめている同系のレストラン・ロオジエのことではない。一・三階のパーラーのことだ。ロオジエはフランス料理を本格に出す高級レストランで、黒い前かけもまた本格的なソムリエがいてワインのリストを持って来る。フランス語が読めぬ私は、ほとんどロオジエへは行かない。

資生堂は、明治五年に洋風民間薬局として銀座に店舗をかまえ、しだいに、後年の化粧品メーカーとしての変身を見せはじめながら、明治三十五年にソーダ・ファウンテンを設け、ソーダ水とアイスクリームを売りはじめた。

これこそ、後のパーラーの前身だった。

少年の私が、はじめて資生堂パーラーへ食べに入ったときは、ネオ・ルネッサンスふうの、中央を吹きぬきにして、二階は回廊のおもむきを見せ、階下正面の大理石のカウンターには、まさにソーダ・ファウンテンのおもかげが残っていた。

このなつかしい建物が、現在の近代ビルディングに改築されてしまったときは、どんなに私どもを嘆かせたことだろう。

戦前の東京の、銀座の……あの、ゆったりとした気分を濃厚にとどめていた旧パーラーの二階で、のんびりと昼飯を食べるたのしさは、何ともいえなかった。

＊

戦前の〔資生堂パーラー〕のイメージは、私にとって、およそ、つぎのような連想を生む。

むろん、銀座の、柳の並木と夜店。

フレッド・アステアとジンジャー・ロジャースの出世ナムバーとなった「キャリオカ」のリズム。

紅顔の海軍士官の正装軍服から、ほのかに匂う香水。

二・二六事件。

ゲーリイ・クウパア。

ベニイ・グッドマン。

岩波文庫。

ホームスパンの洋服。

素顔の新橋芸者。

株式取引所。

服部《はっとり》良一《りょういち》がつくった数々の歌曲。

ジャン・ギャバン。

ジュリアン・デュヴィヴィエ。

南部《なんぶ》圭之助《けいのすけ》編集のワイド版・映画雑誌「スタア」。

新吉原。

戦場。

戦死。

大河内《おおこうち》伝次《でんじ》郎《ろう》。
高田稔《たかだみのる》と入江たか子。

旧制小学校を卒業するや、すぐさま、世の中へ出てはたらくようになった私の少年から青年へかかる数年間は、およそ、このような混淆《こんこう》の中に過ぎ去ったのだった。私は十三歳で、日本橋茅場町《かやばちょう》の現物専門の小さな株式仲買店へ入り、間もなく辞めて、半年後に、これは私の親類が二人も勤めている兜町《かぶとちょう》のすじの通った株式仲買店へ入り、ほとんど出征間際まで、そこにいた。

この間を通じて、小学生のころからの知り合いの、他の仲買店にいた井上留吉とだけは、もっとも深いつきあいをしたのだが、資生堂パーラーの存在を、先《ま》ず、私に教えてくれたのは、この井上だった。

そのころの井上と私は、まだ小店員で、紺サージの詰襟服《つめえりふく》を身につけ、自転車に乗って株券の名義書き換えのための会社まわりをしたりしていた。浅草育ちの二人は、このときはじめて、丸の内界隈《かいわい》のビル街や銀座通りの景観に接したわけだ。

二人とも月給は五円だったが、そこは戦前の株屋である。店へ来る客の走り使いをしても、先輩の用事をしても、かならずチップが出る。その額たるや、月給の二倍、三倍にもなった。米一升が四十銭のころで、つつましくすれば三十円で家族三人が暮せた時代だ。小僧のぶんざいで、これだけの小遣いは充分すぎる。

「おい、おどろいたよ」

と、井上が、

「昨日、書き換えの途中で、銀座の資生堂へ行った」

「なんだい、そりゃあ……？」

「洋食屋だよ。パーラーってんだ」

「何を食べた」

「おどろいたよ、おい。チキンライスが銀の容器《いれもの》に入って出て来やがった」

井上は、こういって瞠目《どうもく》して見せたものだ。

「よし、今度いっしょに行こう」

「いいとも」

下町に育った私どもは、子供のころ、大人のまねをしたいときは、先ず、食べるものからやった。小学生のころから、浅草の牛めしの屋台店（井上とも、ここで知り合った）へ入ることから、しだいに昂《こう》じて、十銭二十銭と小遣いをためこみ、上野の松坂屋の食堂でビーフ・ステーキを食べたりして、

（世の中に、こんなうまいものがあったのか！……）

目を白黒させたりしたのだった。

いずれにせよ、私たちの洋食体験は浅草上野界隈にかぎられていた。当時の子供たちは、自分が住む町から、遠く離れなかったものである。

そうした洋食は、もちろん、うまかった。

うまかったが、しかし、はじめて食べた銀座の、資生堂パーラーの洋食のうまさは、もっと別のうまさだった。

私は、井上と共に、先ず食べなれたポークカツをメニューから探したが、何と、これが無いのだ。

「ね、ないだろう。だからおれは、チキンライスにしたんだ」

と、井上。

そこで、少年のボーイをよんで、

「ポークカツある？」

「ございます」

「どこに？」

「ここに……」

と、ボーイが指したメニューの箇所には〔ポーク・カットレッツ〕と印刷してあるではないか。

「へーえ。カツが、カットレッツかい」

「こいつは、たまげたなあ」

と、やり合う井上と私を、ボーイも、傍《そば》の客たちも笑いながらながめている。

こうして、私たちは資生堂となじんでいったわけだが、その洋食の色合よく、清潔に盛りつけられた上品さと、下町の洋食にはない匂いとに、先ず魅せられてしまった。

匂いといえば、銀座の町の匂いが、もう下町とはちがっていた。絶えず大小の戦争に関《かか》わり合いながら、貪欲《どんよく》にヨーロッパとアメリカの文明を吸収し、物資がありあまっていた当時の日本のモダン風俗で銀座は充満していた。

食物から衣類、香料……数え切れぬモダン。そのモダンから発散する匂いが町にただよっている。

そのころは、浅草には浅草、深川には深川、上野には上野と、それぞれの町がそれぞれの匂いをもっていたものだった。

*

明治三十二年に、東京・四谷に生まれ、十二歳のときに世の中へ出て、昭和五十年のいま、七十六歳になった資生堂パーラーのチーフで、この業界では第一級のエキスパートである高石鍈之助がいう、

「味は、日本人の舌に合ったものを……そして、盛りつけは、私の料理の根本である

日本風の清らかさ……」

を、くずさぬここの料理を食べるとき、たとえば、ビーフ・ステーキを食べながら、別皿のサラダのレタスとトマトを、ステーキの皿にとって、その焼けた肉と生野菜の色彩を合せてたのしみたいほどに、新鮮さ清潔さに念が入っている。

むかしのランチ・タイムには、新橋の芸者たちが買物の帰りに寄りあつまって食事をするので、料理の色彩が、彼女たちの衣裳《いしよう》の色彩に顔負けするほどだった。

「ここへ来りゃあ、芸者遊びをする必要はねえな」

と、井上は、ほざいたものだ。

いまでも、当時は芸者だったらしい老女の姿を、パーラーで見かけることがある。こうした老女たちが、たとえば、一カ月を毎夕、このパーラーで定食を食べたとしても、決して飽きないだろう。

定食のメニューは毎日、変る。これは大変なことだ。チーフ高石の恐るべき蓄積。私の小説も願わくば、かくありたいとおもう。

いうならば、資生堂パーラーの洋食は、全盛期の名手・美空ひばりが唄ったジャズ・ボーカルなのである。

近年は大流行となった、鉄板の上へ肉や魚を乗せて客に食べさせるようなまねは、決してしない。熱い鉄板の上で、食べているうちに肉は焼けすぎてしまう。これは、皿を温める手間をはぶき、落としても割れない鉄板を好む、いやしい商売人の発想なのだ。

いまは、坊主刈りの少年の給仕はいなくなったが、青年給仕のサーヴィスのよろしさは、むかしとすこしも変らぬ。

味もそうだが、こうしたサーヴィスが持続していることに、私は、まったく、おどろかざるを得ない。

毎月変る四つの特選料理は、かならず試してみるが、つけ合せの温野菜は、それぞれの料理に合せて、みなちがう。これが本当なのだ。

つけ合せといえば、にんじんとポテトにサヤインゲンを、どんな料理にもつけて出すレストランが、いかに多いことか……。

旧パーラーの建物だったころは、チーフが時折、カウンターの内側へ出て来て、それとなく、客が食べている姿を注視していて、小柄だが、その精悍《せいかん》な風貌を私は忘れてはいない。

今度、はじめてチーフと語り合ったのだが、客が食べ残したものを、何故残したのか、と、口に入れてみて、徹底的に研究したことも数えきれなかったという。

「あるとき、男女お二人のお客様の、その女性の方が、一口食べただけで、あとは手をつけずに残してしまいましてね。男の方は全部食べたのです。私はもう、気になって気になって……それで、いろいろと調べましたら、このお二人は、そのとき、何か深刻な一身上の話をしていたことがわかりました。それでまあ、ホッとしたのでした」

と、老いて尚、矍鑠《かくしゃく》たる高石鈌之助は語った。

このごろの私が資生堂パーラーで食事をするとき、かならず想い出すのは、いま行方不明になっている旧友・井上留吉のことである。

戦前、二人が食べに通ったころのパーラーのメニューは、すべて口にしたが、こころみに、その一部を、当時の原文どおりに記してみようか。

コンソメ・野菜ポタージュ（共に五十銭）
舌平目フライ・バター焼き（共に六十銭）
伊勢エビのフライ・コールド（共に一円二十銭）
チッキン・クルケット（すなわちチキンコロッケで七十銭）
ハムバーク・ステーク（六十銭）
ホットロースト・ビーフ・オントースト（一円）

そして、われらのチッキンライスが七十銭。

定食が二円と三円だった。

カツレツ贔屓

稲田俊輔

昔の文豪の小説やエッセイを読んでいると、洋食屋で酒を飲む、というシーンにしばしば出会います。メンチボールやカツレツなどの料理をとってビールをやる、みたいな表現。この、料理を「とる」、酒を「やる」なんていう今ではあまり使われない言葉遣いもどこか風流な味わいがあります。子供の頃から食を扱った本を読むのが大好きだった僕は、そういうシーンにもとても憧れました。

酒を飲むシーンではもちろん洋食ばかりでなく、「湯豆腐をつつきながら」「塩辛を舐め舐め」といった描写も登場しましたが、さすがに子供には渋すぎて感情移入しきれません。実際の生活の中でも大人たちが酒を飲む時は、小皿に載《の》った蒲鉾《かまぼこ》や佃煮をつまみながら焼酎のお湯割りを上機嫌で飲んでるような姿しか見ていません。大人はこういうのが楽しいのか、とは思いつつ、別に羨ましいとも思いませんでした。

しかし洋食となると話は別です。メンチボールって何だろう？　ミートボールのようなものなのかな？　カツレツというのはトンカツとどう違うのかな？　なんだかトンカツより高級そうだぞ、みたいな想像の中だけでもそれらはいかにもおいしそうでした。だいたい子供は洋食が大好きです。僕ももちろん例外ではありませんでした。そしてこれも少なからぬ子供がそうであるように、僕は白ご飯があまり好きではありませんでした。白ご飯はいわば義務。本当はハンバーグやコロッケなどの洋食のおかずだけをひたすら食べたいと夢を描きつつ、そんな横着が許されるはずもありません。

しかし小説の中の大人たちはご飯無しで洋食のおかずだけを食べています。ずるい。ずるいぞ。ビールのおいしさはよくわからないけど大人にとってはジュースみたいなもんだろう。僕は「ハンバーグとオレンジジュースだけ」みたいな食事に置き換えて想像し、ひたすら憧れを募らせていたのです。さらにその大人たちは時に「カツレツとビール」の後に「カレーライス」を追加したりもしていました。僕は悶絶しました。白ご飯は嫌いでもカレーライスは大好物です。好物＋ジュース、の後にさらに大好物のカレーライス、なんてもはや想像を絶する夢の世界です。

子供の頃は洋食を食べる場というのは自宅かせいぜいファミレスに限られていまし

た。「洋食屋」と言われるような店にデビューしたのは、大学生になって一人暮らしを始めてからです。僕が学生時代を過ごした京都は、実は日本でも有数の洋食のメッカ。しかしここでついに子供の頃からの夢を叶えたかというと、そうは問屋がおろしません。貧乏学生にとって外で酒を飲むというのは、飲み会やらコンパやらの特別な機会を除けばまあまあの贅沢《ぜいたく》です。そして何よりその頃には白ご飯が大好きになっていました。いや、大好きになったというより、四六時中常に腹が減っている若者にとってそれはむしろ必需品。外でメシを食うにしてもなるべくご飯の盛りが良い店を重点的に選び、また、その希求に応えてくれる学生相手の良心的な店は学生街には至るところにありました。

　僕が学生時代に通ったいくつかの洋食屋もやはりそういう店です。ある店はミンチや玉ねぎの他に大量のパン粉をあらん限り混ぜ込んで巨大化した握りこぶし大のハンバーグを、ある店はピラミッドのように積み上がったチキンフリッターを、またある店は掌《てのひら》より大きなチキンカツの上にさらにピザソースと野菜を積み上げチーズをかけて焼いた謎の名物料理を、大量のライスと共に気前よく出し、荒ぶる青春の胃袋を鎮《しず》めてくれていました。

　そんな学生街のざっかけない洋食屋、その中に一軒、他の店とは少しだけ趣の違う店がありました。店主と思われるコックさんは、真っ白のコックコートに長いコック帽、テーブルには、ビニールの覆いこそあれ紅白チェックのテーブルクロス。箸《はし》ではなくナイフとフォークがセットされ、メニューもよくある学生食堂とは一味違いました。学生向けの安価なボリュームメニューもあるにはありましたが、その他にビーフシチューやステーキなどの、学生にはとても手を出せない高価な料理も並んでいたのです。そしてそこには憧れの「ポークカツレツ」の文字も。

初めてその店でカツレツを定食で頼もうとした時、寡黙そうな店主さんは「学生さんならこっちの方がええんとちゃうかな」と別のメニューを指さしました。

そこには「ポークライスグラタン」という見慣れない文字列が。素直にそのリコメンドに従って出てきたそれは、てんこ盛りの、しかし見るからに上品な風合いのチキンライスの上に小ぶりなカツレツが載っかり、そしてさらにその上から真っ白なベシャメルソースがかかった料理でした。その店のオリジナル料理だったようです。「グラタン」とあるもののオーブンで焼いた形跡はありませんでしたが、もちろんそれは何の問題もありません。

いつもの安食堂で食べる定食とはあきらかに異質な、繊細でハイカラな味わいです。それでいて大量のチキンライスは食べ応えも充分、なおかつあっさりとして最後まで食べ飽きないおいしさ。その後もその店を訪れる度に僕はそれを食べることになります。

その店では時々「料理をとってビールでやっている」一人客を見かけました。料理はカツレツであったり牡蠣《かき》フライであったり。カツレツにはさらっと薄めのデミグラスっぽいソースがかかっており、付け合わせは千切りキャベツとかではなく人参やブロッコリーなどの温野菜。そのお客さんの物静かで紳士的な風貌もあいまって、昔の小説から抜け出してきたようだな、と思いました。

小説に登場していたカツレツもおそらくはそのようなものだったのでしょう。気になってしょうがなかったのですが、それは確かに、それでガツガツと大ライスを食べるという雰囲気ではなく、僕は最後までやっぱりポークライスグラタンの圧倒的な誘惑から逃れることは出来ずじまいでした。


そんな僕も今ではすっかり、洋食屋で自然に「カツレツをとってビールでやる」、そんな大人になりました。もっとも、とんかつではなくカツレツをメニューに置いている洋食屋はそんなに多くはありません。四、五十年以上続いているような古い店でたまに見かける程度。そもそもカツレツととんかつはどう違うのかを知る人もほとんどいないのではないでしょうか。

カツレツととんかつ、店によってさまざまなスタイルもあるのでその違いは曖昧なところもありますが、おおむね、とんかつはたっぷりの油で天ぷらのようにカラッと「揚げる」調理法であるのに対して、カツレツはフライパンで「揚げ焼き」する調理法と言えると思います。カツレツの揚げ焼きにはバターが使われることも多く、それが独特のハイカラな風味を付与します。僕にとってはそこがたまらないポイントです。そしてその調理法ゆえに、肉はさほど分厚くはなく、パン粉も細かいものが使われます。

カツレツの歴史はとんかつよりずっと古いのですが、今ではとんかつの方が圧倒的に人気があるようです。分厚い肉に絶妙に火を通し、コロモはあくまでカラッと、それを追求するために粗く挽いたザクザクの生パン粉が最近ではよく使われます。なにもかもがカツレツの逆とも言えるかもしれません。そしてとんかつは最初から包丁で切られて出てきます。そこに自分で好みの量のソースをかけて箸で食べるわけですが、カツレツは大抵の場合、切らずに出てきて最初からソースがかかっています。そのソースはいわゆる「とんかつソース」ではなくデミグラスソースやレモンバターソースなどのいかにも洋食屋らしい、いやむしろ「西洋料理」と呼ぶに相応《ふさわ》しいソースで、それをナイフとフォークで食べます。とんかつの付け合わせはたっぷりの千切りキャベツがお約束ですが、カツレツの場合は、生野菜だけでなく温野菜やスパゲッティ、マカロニなど店ごとに工夫が凝らされていることが多く、これもまた楽しいポイントです。

そう、僕はとんかつよりもこのカツレツという食べ物の方を圧倒的に深く愛しているのですが、世間ではどうも分が悪い。肉の分厚さやコロモのザクザク感のみならず、とんかつ好きに言わせれば、ソースが最初からかかっているのも気に入らないようです。「せっかくのコロモがフニャフニャになってしまうじゃないか」と言うんですね。そしてそのかかっている古き良き西洋料理調のソースにしても、とんかつソースなんかに比べると幾分ぼんやりした味に感じられる、ということもあるようです。


身も蓋もないことを言えば、カツレツというのはもはや古臭い料理なのかもしれません。お店にとっても、とんかつより調理に手間と時間がかかり、ソースや付け合わせにも余分な手がかかるカツレツを出し続けるより、とっとと人気のあるとんかつに鞍替えした方が賢明な判断なのは明らかです。ですが逆に言えば、何十年もこだわって出し続けている店のカツレツには、確かにこだわり続けているだけの価値があるわけです。それは職人の誇りと言ってもいいかもしれません。僕がついついカツレツの方を贔屓《ひいき》してしまうのには、そんな理由があるような気もしています。

そんなある意味前時代的なこだわりを貫く古い洋食屋さんが、昨今、街からどんどん消えつつあります。多くはお店の高齢化、そして後継者が居なくてそのまま廃業ということが多いようです。手間の割に儲からないのが洋食屋。今となっては洋食屋の料理のほとんどは、似たようなものがファミレスやあるいは冷凍食品として簡単に食べられてしまうということも大きいと思います。でもそれは確かによく似てはいるものの、どこかやっぱり別ものだと僕は思います。カツレツのようにファミレスでは再現困難な料理はもちろんですが、デミグラスやベシャメル、タルタルなどのそのお店ならではのクラシックな味わいのソースや、ちょっとした付け合わせの工夫など。決して派手ではないけれど、そこには洋食屋がかつて西洋料理と呼ばれていた時代の、つまりその店が街で一番ハイカラな店だった時代から綿々と続く職人の誇りが今でもしっかり息づいているのを感じます。

馴染《なじ》みの居酒屋で手酌で一杯、も、仲間と連れ立ってお洒落なバルで乾杯、もいいですが、時には街の中に昔からひっそり佇む洋食屋のこともぜひ思い出してください。かけがえのない文化がそこには確かに存在するのです。

銀座の食の物語

宮本亜門

母の思い出の味、朝食のフレンチトースト

私の実家は、新橋演舞場の真向かいにある喫茶店です。銀座の東の端、今はビジネス街になっていますが、私が子どもの頃は、数寄屋《すきや》造りの料亭が立ち並ぶ一角でした。店には、観劇に来た人や役者さん、それにやはり近くにある築地市場で働く人たちが「よおっ」と入ってきたり。銀座の「ハイカラ」と「芸能」と下町気質がない交ぜになったような独特の風情に包まれて、僕は育ちました。

客には芸者さんも多かった。今では信じられない話ですけれど、界隈《かいわい》には人力車が百台くらいは行きかっていて、それが目の前に止まると、「あ、芸者さんだ」とわか

るわけです。店では、扇子《せんす》をぽんぽん叩きながら、今日予定しているお座敷の話なんかをして。砂糖もミルクも入れずに、エスプレッソみたいな濃いのをくっと飲み干すのが、彼女たちの流儀でした。「コーヒーかっくらった」という芸者言葉があったくらいです。

勘定が済むと、「はい、行ってくるわよ。じゃあね、坊や」なんて、颯爽《さっそう》と出て行く。子ども心に、「なんて粋で、かっこいいお姉さんたちなんだろう」と感じたものです。実は、初恋の人も、そんな芸者さんの一人だったんですよ。

幼少の頃の楽しみは、時間の空いた母に手を引かれて、銀座の街をぶらぶらすることでした。千疋屋《せんびきや》のゼリーとか、不二家《ふじや》のショートケーキとか、小川軒の「レイズン・ウィッチ」とかに、ありつくことができたからです。考えてみれば、ずいぶん贅《ぜい》沢《たく》なおやつですよね。でも、場所柄、それは僕が幼い頃の日常でした。

とはいえ、両親は共働きで忙しかったので、いつでもそんなふうに悠長にしていたわけではありません。朝食は、たいていパンの耳を切り落として、パパッと卵をつけて焼いたフレンチトースト。たまに、オムライスが出てくることもありました。どちらも、作るのも片付けるのも手間いらずながら、僕の大好物です。

銀座は、「日本でできた洋食」いわゆる〝和洋食〟のメッカですから、「朝からオムライス」は、変わったことでも何でもなかった。逆に、朝だからと焼き魚に味噌《みそ》汁《しる》のような和物が食卓に並ぶことは、まずありませんでした。そういうのが、「日本の常識」からするとちょっと違うんだということに気づいたのは、けっこう大きくなってからだったと思います。ですから、二十歳そこそこの頃に亡くなった母の一番の思い出は、甘くて香ばしい「フレンチトースト」。自分を育ててくれた味と言えば、オムライスやドライカレーやシチューということになるのでしょう。

やはり、子どもの頃に食べたもの、それにまつわる家族の記憶は、いつまでたっても忘れられないものだと思います。誰しも、時にはふとそこに帰りたくなる。そんな感情を、僕の中にあらためて呼び覚ましたのが、仕事で関わった三島由紀夫でした。

新橋の駅近くに、「末げん」という鶏料理の店があります。三島が自決する前夜、ここで楯の会のメンバー四人と鶏鍋を囲んだことで有名なお店です。私は、三島作品の『金閣寺』、そしてあの事件の前年（一九六九年）に発表された『ライ王のテラス』という戯曲の演出を手掛けました。この作品の舞台はカンボジアでしたが、後から考えると、ある種の覚悟を持って書かれたものにしか思えなかった。そんな当時の三島の心中を確かめたいという思いもあって、そこを初めて訪れたのは、二〇一六年のことです。

出てきた鶏鍋は、想像していたものとはかなり違いました。ひとことで言えば、「武骨で男らしい」のです。皿に並べられた肉や野菜の切り方一つとっても豪快で飾り気がなく、何よりも素材の味を引き出すことに神経を注いでいることがわかります。煮上がった鶏は身が締まっていて、歯にグッと力を入れないと噛《か》み切れないほど。「つけダレ」も変わっていて、鶏鍋と言えば定番のポン酢ではなく、大根おろしとしょう油です。でも、そのシンプルさが、噛むほどに広がる鶏のうまみを堪能するには、ベストに感じられました。

女将さんの話では、三島は「最後の晩餐《ばんさん》」の前には、奥様と連れ立って現れたそう。その場で奥様が涙を流していたと言いますから、仲間よりも先に自分の決意を語っていたのかもしれません。

それにしても、三島はなぜ「末げん」を、その場に選んだのか？　聞けば、彼にとってこの店は、子どもの頃から父に連れられて、よく訪れた場所でした。自らの舌に刻み込まれた力強い味を反芻しつつ、いよいよ人生最大の「行動」の意志を固めていた――。そう考えれば、合点がいくのです。

この年齢になると、「人生の最後に食べるとしたら、何がいいかな？」とふと思いを巡らしたりすることもあります。銀座は〝和洋食〟のメッカではありますが、もちろん和食の名店がないわけではありません。自決する勇気は僕にはありませんけど、いよいよダメだとなったら、「竹葉亭」の鰻を口に放り込んで欲しい。それも、母親と時々食べた、僕にとって忘れ難い味なのです。

バチカンのスパゲッティ・ボンゴレに驚愕

「食の記憶」は、おいしいものばかりだとは限りません。むしろそうでないもののほうが、強く印象に残る場合もあるでしょう。

僕は、ダンサーや振付師をしていた二〇代後半に、二年間ロンドンに留学していた経験があります。「留学」というと聞こえはいいのだけど、そこを拠点にして、ほとんどバックパッカーの出で立ちでイタリアやドイツなんかをウロウロしながら、オペラを観まくっていました。観るのは、決まって格安の天井桟敷《さじき》、一階席では追い出されそうな格好で。舞台の上の人間は米粒みたいでしたけど、それも生きた勉強のつもりでした。

そんな環境でまず思い知らされたのが、イギリスの食べ物のひどさです。今ではとても美味しくなりましたが、当時は、とにかく口に合うものがほとんどなく、失礼ながら「この国には食文化がないのでは」と感じたくらい。仕方なく、現地では自炊をしていました。

ちなみに、日本ではあまり出会うことはないのですが、海外では喉を通らないような食べ物に遭遇することが、けっこうありました。ニューヨークは、何を食べても塩辛い。よく言えば、味がシャープなんですね。「とにかく、上を目指してガンガン働いて頭を使え」という街なのでしょう。「食の都」パリでも、油断はできません。レストランで出てきたパスタがまずいを通り越していて、思わずむせかえった経験が、僕にはあります。

反面、何を食べてもおいしいのがイタリア。料理は総じてシンプルで、素材が生かされている感じがするのです。ふらりと入ったレストランでも、まず外れたことはありません。

ヨーロッパ時代の忘れられない思い出と言えば、ある日、ローマの北西部に位置するバチカンを、例によって汗で汚れたバックパッカー姿で歩いていた時のこと。教会の前を通りかかったら、ちょうど日本人の神父さんが立っていました。同胞の貧しい若者に憐れみを覚えたのでしょう、彼は「この場で洗礼を受けるなら、一晩泊めてやる」と言うのです。バチカンは、カトリックの「総本山」。本来、普通の観光客が足を踏み入れたりできる場所ではありませんから、奇跡みたいな出来事というしかありません。ありがたく、その申し出を受けさせていただくことにしました。

食事は、大広間のような食堂で取ります。細長く巨大なテーブルが四つ並んでいて、そこに茶色い服を着た神父さんたちが、ずらりと。目立たないように一番端に座って待っていると、やがて無造作に配られたのは、ごく普通の皿に盛られたパスタと、グラス一杯のワイン。パスタは、スパゲッティ・ボンゴレでした。

まあ教会の食事だからと思ってひと口食べた時の驚きは、忘れられません。貝のうま味がバッチリ生きていて、麺にもそれがほどよく染みた絶品だったのです。オリーブオイルをふんだんに使っているのに一切しつこいところもない。あまりにおいしいので、一皿をたちまち空にして、お代わり。またお代わりとねだったら、さすがに注意されましたけど。

食べ物に心底感動するなどというのは、一生の間にそうあることではないでしょう。事実、あれを超えるパスタには、その後もお目にかかれてはいません。

ところで、僕は九九年に沖縄に家を建て、折に触れてそこで暮らしました。東京での仕事が増えたこともあって、家自体は売ることにしたのですが、沖縄で触れた本土とは違う食文化もまた、僕にとっては大きな糧になりました。

沖縄には、琉球《りゅうきゅう》の王朝料理と、庶民の料理、それに一般にはあまり知られていないのですが、「辻の料理」という三つの食文化があるんですよ。「辻」というのは、空襲で焼失するまで三百年続いていた沖縄の花柳界《かりゅうかい》です。僕の生まれ育ったあたりも、かつては新橋花柳界ですから、似たような空気が流れていたのかもしれません。

ただし、そこが他の花街と違うのは、女性たちが歌や踊りを披露するだけではなく、手作りのおもてなし料理を振舞っていたこと。それが、「辻の料理」というわけです。しかし、御多分に漏れず後継者不足は深刻で、料理は存亡の危機に見舞われました。

その伝承者で、料理文化の再興に寄与した山本彩香さんという女性と知り合えたことも、ラッキーというしかありません。

豆腐を発酵させた「豆腐よう」をご存知でしょうか？　沖縄の特産品で、東南アジアにも同様の食品があります。僕は何度も口にしたことがありますが、彼女が作るものほどおいしいのは、食べたことがありません。辻料理の代表格とも言える「ドゥルワカシー」も、素晴らしい。「泥のような」（泥沸《どろわ》かし→ドゥルワカシー）という意味なのですが、田芋に豚肉やかまぼこなどを煮含めたそれは非常に美味で、食感もまるで赤ん坊の頬っぺたに歯を当てたよう。この味をなくしてはいけないと、しみじみ思える料理なのです。

ただおいしいだけではありません。沖縄の長寿も、そうした伝統的な料理に支えられてきたに違いないのです。家はなくとも、これからもできる限り訪れて、文化を伝える一役を担いたいと考えています。

九十歳になっても実家の喫茶店を切り盛りしていた親父が、「どうしてもナポリタンをメニューに加えたい」と言い出したことがありました。うちは観劇のお客さんや芸者さん相手がメインでしたから、甘味処でスタートして、その後ビジネスマンが増えてきたのに合わせて、カレーやカツなどを出すようになったものの、その「定番メニュー」は置いてなかったのです。

そこで、どうせなら本格的なものを出そうと、二人で「本場のナポリタン」の源流を学ぼうと、イタリアを旅しました。ミラノからフィレンツェ、ローマ。ところが、どこに行っても、ピンとくるものがない。親子揃《そろ》って勉強不足を恥じたのは、帰国してからでした。ナポリタンはイタリアにはないのです。それこそ、日本発祥の〝和洋食〟だった。

結局、親父独自の味になったわけですが、ちょっとだけピリリと感じる豆板醤《とうばんじゃん》とトマトソースが絡まった父親の特製ナポリタンは、なかなかのものだと思います。そんな親父も今年他界しました。お店は今も変わらず営業していますので、近くにおいでの際には、ぜひお寄りになって、注文してみてください。

晴れの洋食

林　望

何十年経っても、ふっとその匂いを思い出すという味がある。

「洋食」というカテゴリーは独特のもので、洋食といいながら、フレンチともイタリアンとも違う、あれは一種の和食なのかもしれない。

その方面でも良く知られた名店は数々あるけれど、私にとっての、もっとも懐かしい洋食は、もはや食べに行くことがかなわない。なぜなら、そのレストランそのものが、もうどこにも存在していないからだ。

私の父は、十年程前に九十五歳を一期《いちご》としてこの世を辞したが、もともと経済企画庁にいた官僚エコノミストであった。

官僚というものは、今はずいぶんと高給取りのようなことを言われて評判が悪いけれど、父の若かった時分には、民間企業に比べて、役人は安月給であった。いや、少なくとも、母はいつもそのことを嘆いていたものだ。

昭和の三十年代、なにか晴れの時には、家族揃《そろ》って虎ノ門にあった国家公務員のための共済会館まで、洋食を食べにいくのが習いとなっていた。

あれはいったいどこらへんにあったものであろう。子供心の記憶には、なんでも石造りの堂々とした建物で、その一階だったかに、レストランはあった。

小学生時代、私はヴァイオリンを習っていて、その発表会などがあった日は、終ってから、決まって家族揃って、その虎ノ門共済会館へ、洋食を食べにいくのが愉《たの》しみだった。

おそらく昭和の初めくらいに出来たのであろうその会館のレストランには、ちょっと大袈裟《おおげさ》にいうと明治時代のような古風な空気があって、天井の高い部屋にはシャンデリアが輝き、白いクロスをかけた立派な食卓が並んでいた。そうして、レストランに入った途端に、あの洋食独特の匂いが空腹の鼻腔《びくう》を穿《うが》って、晴れやかな気分がたちまちに心を満たすのであった。

ただし、そこで食べるものは、いつも決まっていて、私は必ずカレーライスを食べることにしていた。

なに、カレーライスといっても、そんじょそこらのカレーではなくて、なにしろ、アラジンの魔法のランプのような形の銀色の器にカレーが入っていて、ご飯は別の磁器の皿に盛られて出てくる。そうして、福神漬けとかラッキョウなどのコンディメンツは、切り子のガラス容器に入ってサービスされる。

今はこんなのも珍しくないけれど、その時分の子供たちにとっては、それはまさに一時《ひととき》の西洋、という感じがした。

父がいて、母がいて、兄や妹もいて、父はビフテキくらい食べたのかしれぬ。母は、さてなあ、牡蠣《かき》フライというところだったろうか。

もともとカレーは好きだったけれど、こういうレストランで食べる洋食のカレーは、なんというか独特の格調と芳香と味わいがあって、ずいぶん美味しいと思ったものだ。おそらく、フォンドボーとかなんとか、本格式の作り方で調理されたものであろうけれど、そういうカレーを食べられるのは、ごく限られたレストランしかなかった。カレーの風味ばかりか、コンディメンツのおしゃれな感じや、つまみだしてカレーの皿にのっけたときの香りまで、私は、六十年余り経った今でも如実に思い出すことができる。

しかも、そういう時は、素敵におしゃれな母の手縫いのスーツなど着て出かけた。ふだん質素に暮していた私たちも、その日ばかりは貴公子にでもなったような高揚した気分を味わった……といっても、共済会館のカレーライスというところが、なにやら涙ぐましいけれど。

兄などは、もしかするとハンバーグステーキなどを食べていたかもしれないのだが、私はどういうものか、共済会館と言えばカレーライスと、そう深く心に決めていて浮気をすることはなかった。

おそらく、都会に住んでいた家族は、必ずこういう「晴れの洋食屋」というものを持っていて、一年に何度か、家族揃って洋食を食べにいくのが、昭和時代の習わしであったように思われる。

もしあの共済会館が今も残っていたら、改めて食べにいってみたいもの、そうしたら、いったいどんな感想を持つだろうか。なーんだ、この程度のものだったのか、と思うか、ああ、やっぱり美味しいなぁ、と思うか……おそらく後者ではないかと、私は今、見果てぬ夢を見ているような心地で想像するのである。

さらばハムサラダ

東海林さだお

同窓会というものがありますね。

小学校の同窓会、中学校の同窓会、高校時代の同窓会……。

同窓会でいちばん楽しいのは、全員が同じ時代を過ごし、同じ経験をしているので話が合う。

打てば響くように合う。

誰かが何かひとつ、往時の出来事を持ち出すと全員がすぐに反応する。

たとえば電灯。

いまはほとんどが蛍光灯だが、昔は電灯といえば電球のことで、電球の上には丸い笠が帽子のようにかぶさっていて、その下が二股ソケットで、大きい電球と豆電球が

そこにねじこんであって、点滅はそこから下がっているヒモを引っぱって……なんてことを一人が言うと、

「あった、あった、二股ソケット！」

「あった、あった、豆電球！」

「トイレも豆電球なのよねー」

と、あった！　というだけで一同ヒザをたたいて盛りあがる楽しさ。

他愛ないといえば他愛ないが、他愛ないところが楽しい。

いま「二股ソケット」で盛りあがったので、二股時代の同窓生が同窓会を開いているということで話をすすめたいと思います。

日本の昔噺《むかしばなし》は、

「昔々あるところにおじいさんとおばあさんがいました」

というスタイルで始まるものなのですが、ホラ、いまここにこうして集まっているのは二股ソケットの世代、ということは、まさにおじいさん、おばあさんそのものではありませんか。

この人たちがいま話していることは、若い人にとってはまさに日本昔噺、貴重な語り伝えということにもなるわけなので、どうかひとつ耳を傾けてやってくださいね。

「あのころのレストランといえば」

と、おじいさんの一人が口火を切ります。

「洋食の店ということだったんだよね。フレンチとかイタリアンなんて聞いたこともなくて」

「そこでね、当時の洋食屋メニューを一つ一つあげてってみようよ」

同窓会がちょっと白けたとき、間をもたせるにはこういう問いかけが有効だってことを、このおじいさんは知ってるんですね。

すなわち、同窓会のベテランじいさん。

たちまち、

「トンカツ！」「カレーライス！」「ハヤシライス！」「ハンバーグ！」「オムレツ！」

「メンチカツ！」

と続々と声があがって、

「ま、そんなところかな」

と、そのおじいさんが締め括《くく》ろうとしたとき、

「ハムサラダ！」

と一人のおばあさんが、思い出した！　と言わんばかりの声をあげる。

「あった！　あった！　ハムサラダ！」

と一同が手を打って盛りあがれば問題はないのだが、

「エ？　ハムサラダ？　何それ」

という人が必ずいて、

「ホラ、あったじゃないの、お皿にロースハムが二枚か三枚、半分に折りたたんだりして並べてあって、その下のところにホワイトアスパラガスが二、三本横たわっていて、つけ合わせはレタス！」

「そう！　レタス！」

「そうなのよねー、レタスなのよねー」

と涙ぐまんばかりの感激の面持《おもも》ちで大きくうなずくおばあさん二人。

いまの人には何のことかわからないだろうが、当時レタスは高級品の象徴だったのです。

レタスなんて普段見たこともない。これがレタスか、と感激しているのです。ロースハムも超高級品だった。

そのころはハムといえばプレスハム（ナツカシー）のことで、雑肉を高圧でくっつけたものがハムだと思っていたから、ロースハムは皇室御用達ぐらいの存在だった。

と、超高級品が二つも並んでいるのに更にそこにホワイトアスパラガス！

このホワイトアスパラは缶詰のものしかなく、値段極めて高く、缶にS、M、Lの表示があり、すなわち細、並、太、太はおいしいのだが当然のことながら缶の中の本数は減るわけで、買うとき誰もが太、並、細で悩み、結局は細を買うのが常だった。

レストランのハムサラダのホワイトアスパラは太が多かった。

太が二本も三本もだった。

つまりハムサラダは、皇室御用達クラスのオンパレードだったのである。

だからハムサラダをとると、両手を合わせて拝んでから食べる人が多かった。（ウソです）

「いまから思うと、つくづく不思議な一皿だったんだよね」

と、さっきのおじいさんがまとめに入ります。

確かに不思議な一品であり、微妙な一品だった。

食事のメインにはならず、酒やビールのつまみにも適さず、注文する人もあまりいなかったはずなのに、当時のレストランのメニューには必ずあり、しかも一定の時代存在しつづけた一品。

当時のレストランのメニュー、すなわちトンカツもカレーライスもハンバーグもオムレツもメンチカツも、どれもこれもいまだに健在なのに、ハムサラダだけが亡びてしまった不思議。

五、六年ほど前まで、東京駅の丸の内側の構内の有楽町寄りの隅のところに、いかにも昔風のレストランがあって、そこのメニューにはハムサラダがあった。

そこで食べたハムサラダが、ぼくの最後のハムサラダとなった。

Stewed Beef

團伊玖磨

ビーフ・ステューが正しいか、ステュード・ビーフが正しいか、或《ある》いはそのどちらも正しいのか、或いは二者は異るものなのか、その辺はよく判《わか》らないが、要するに三月二十日の朝、眼が覚めた途端に思った事は、ステュード・ビーフが食べたいという事だった。眼が覚めてからステュード・ビーフが食べたいと思ったのでは無くて、何《なん》等《ら》かの理由で、眠っている間にステュード・ビーフを食べたいという思いが募《つの》り始め、その思いが募りに募り、どうしようも無くなった結果、到頭《とうとう》眼が覚めたのかも知れないのだが、その辺の事は、何しろ本人が眠っていた間の事なので判然としない。兎《と》も角《かく》、判然としている事は、三月二十日の朝眼が覚めて思った事が、ステュード・ビーフを食べたいという事だったのである。

そこで、逸《はや》る心を落ち着けて考えてみた。ステュード・ビーフを食べる事は反社会的な事であろうか、否。誰彼に迷惑がかゝる事であろうか、否。貧乏な作曲家にとって贅沢《ぜいたく》過ぎる事であろうか、まあまあ許される事であろう。分に過ぎた事であろうか、まあ構わぬ事であろう。身体に悪いだろうか、そう悪くは無いであろう。——熟考の結果、ステュード・ビーフを食べても世の中は許して呉《く》れるだろうと考えた僕は、よし、本日三月二十日、何《いず》れかの場所でステュード・ビーフをずるずるぬるぬると貪《むさぼ》ろうと舌舐《な》めずりをした。

二十日は午後二時半から東京都町田市の市民ホールで自作のオペラ「夕鶴」の上演があった。十月から罹《かか》っている右肩の腱鞘炎《けんしょうえん》のために指揮が出来無いので、僕は指揮台に上らず、代りに汐澤安彦《しおざわやすひこ》君が指揮棒を執り、僕は開幕前に聴衆に一場の挨拶《あいさつ》を述べ、後は自作のオペラを久し振りに客席で聴いて自己批判をしようと思って家を出た。

車は葉山の町を過ぎ、逗葉《ずよう》新道から横須賀・横浜道路を抜け、16号線の鵜野森《うのもり》を右折すると、交番を再び右折して町田の駅に向かう途中の右側の市民ホールに着いた。雪の後なので時間が掛かるだろうと思って充分余裕を取って来たので、上演一時間前に既にホールに着いた僕は、ホールの一階に食堂がある事を知って、そこの一隅に坐《すわ》ってメニューを拡げた。有った。威儀を正してウェイトレスに註文《ちゅうもん》した。

「ステュード・ビーフ」

ステュード・ビーフは美味《うま》かった。ずるずる、ぬるぬるとして、温かく、胃の辺りが幸福になった。

挨拶をして、オペラを聴いた。汐澤君の指揮は大層良かった。主役のソプラノの中《なか》澤《ざわ》桂《かつら》さんの声と演技が美しかった。他の人達の声もよく透って上出来だった。僕は満足して先刻の道を反対に走って家に帰った。

二十一日は大阪に居た。ホテル・プラザでソプラノの島田《しまだ》祐子《ゆうこ》さんと小さなコンサートをするためだった。午後早々の飛行機で大阪に向かい、伊丹から車でホテルに着いたのは四時過ぎだった。二時間程間《ま》がある、そう思った僕は一階のカフェー・テラスに坐ってメニューを拡げた。有った。そこで威儀を正してウェイターに註文した。

「ステュード・ビーフ」

ステュード・ビーフは美味かった。ずるずる、ぬるぬるとして、温かく、胃の辺りが歓喜に震えた。

コンサートは大成功だった。祐子さんの美しい声が夜空に昇って春の星になるような思いがした。

二十二日は京都に居た。去年から作曲に従っていた「京都府の歌」が出来上がり、そのレコードとカセットが出来上がったので、林田《はやしだ》悠《ゆ》紀《き》夫《お》府知事を囲んで府歌制定委員の方々とその試聴をするためだった。ホテル・フジタ京都での制定委員会が終り、午餐《ごさん》を戴《いただ》いてから二時〇五分の新幹線で東京へ向かった。お腹は一杯だったけれども、ステュード・ビーフを食べねばならない。列車が浜松辺りを疾走している頃、食堂車へ行ってメニューを拡げた。有った。そこで威風堂々、ウェイトレスに註文した。

「ステュード・ビーフ」

　ステュード・ビーフは美味かった。威容を整え、時じくぞ雪の降り積む高く尊き富《ふ》嶽《がく》を仰ぎながらずるずる、ぬるぬるとした粘体を嚥下《えんか》する快感に浸っていると、只管《ひたすら》に気宇《きう》壮大《そうだい》になるのだった。

　今日は午後二時から上野の日本芸術院会館で会議がある。会議が夕方終ってから、浅草の菊屋橋医院に腱鞘炎の治療を受けに行くその間に、上野駅の地下道の食堂でステュード・ビーフを食べようと思う。

　折角、二十日の朝眼を覚ました途端にステュード・ビーフを食べたいと思ったのだから、その慾望《よくぼう》が満足する迄《まで》は、何日でも、少なくとも一日に一回はステュード・ビーフを嚥下して胃を幸福にせねばならない。それは僕の胃に対する義務である。

　ステュード・ビーフを食べる事は反社会的な事であろうか、誰彼に迷惑がかゝる事であろうか、貧乏な作曲家にとって贅沢に過ぎる事であろうか、分に過ぎた事であろうか、身体に悪いであろうか、――否であるなら構わない。満足の行く迄、恐らくあと十日程は、ステュード・ビーフに満足する迄、撃ちてし止まん、ステュード・ビーフをずるずる、ぬるぬると貪る事が続きそうである。

それにしても、ステュード・ビーフが正しいか、ビーフ・ステューが正しいか、或いはそのどちらも正しいのか、或いは二者は異るものなのか、その辺はよく判らぬ儘《まま》である。

日本の「洋食」とはケチャップである

ヤマザキマリ

子供の頃、札幌のオーケストラでヴィオラを奏《かな》でていた母は、自分の好きな演目が演奏される時、まだ幼い私たち姉妹をコンサートに呼ぶことがあった。しかし母が好きな曲が私たち子供も気に入るとは限らない。三、四曲ある演目のうち面白いのは一曲だけで、あとは至極つまらなかったりするのを、もちろん母もわかっていて、そんな時私たちは練習と本番の間に会場近くにあった不二家のレストランに連れていかれる。好きなものを食べさせてもらえる代わりに、どんなにつまらなくてもコンサートを最後まで大人しく聞くという条件を課せられるわけだが、不二家の美味しい洋食やデザートが食べられるのだったら、メシアンでもシベリウスでもショスタコービッチでもどんな難解な楽曲でも耐えてやる、という気構えが私たちにはあった。

そんなきっかけで始まった私の洋食好きは、五十歳を超えた今も継続中である。今でもデパートなどで食事をする時は洋食屋を選びがちで、ウインドウの中のオレンジや黄や緑の蠟細工に胸をときめかす。

欧州発祥のはずなのに、紆余曲折あって日本で独特の進化を遂げ、日本でしか食べられないものになった不思議な料理が「洋食」である。明治以降に海外からの来訪者のために作られていたものが、その後独自にアレンジされて、ポークカツレツ、オムレツ、カレーにハヤシライス、シチュー、フライにコロッケといったものに形を変えていく。さらに戦後になると〝スパゲッティ・ナポリタン〟のような米国系洋食が日本の大衆食として定着するようになるのだが、日本という国がこれだけ多国籍的な食文化になったのも、きっとこうした洋食の影響もあるのだろう。

*

この日本の洋食に欠かせない調味料のひとつがケチャップである。

私はスパゲッティなどのパスタ類があまり好きではない。早いうちからイタリアに暮らし、ひたすら材料費が安くて済む「貧乏パスタ」ばかりを食べていたそのトラウマもあるからなのかもしれないが、イタリアとこれだけ縁のある立場でいながら、基本的にスパゲッティに限らずイタリアンというジャンルにそれほど興味がないのである。

だけど、日本の洋食屋さんや喫茶店にあるケチャップ味のナポリタンだけは頗《すこぶ》る大好物で、何気に入った店にナポリタンがあれば反射的に注文をしてしまう。あの輪切りになった緑のピーマンとソーセージ（またはハム）に、加熱したケチャップが絡んだスパゲッティは、店のショーウインドウに飾られた蠟細工を見ているだけでもハッピーな心地になれるのだ。

私たちが子供の頃のナポリタンは、一口食べれば必ず口の周りがべちゃべちゃのオレンジ色になり、服には漂白しきれなかったケチャップのシミが附着している子供も少なくなかった。ナポリタンは給食にも出てきたし、お弁当の付け合わせとしても定着していて、ミートソースと並び日本で人気を得たスパゲッティだと言ってよいだろう。

イタリアでの留学初期に、私はこの日本式ナポリタンをアパートをシェアしていた学生たちに振る舞ったことがある。全員が食に保守的なイタリア人だったので、皆テーブルセッティングを手伝ってくれつつも、「イタリアにやって来てまだ間もない東洋の小娘に一体何ができるのか」といった猜疑心に満ちた眼差しを私に向けていた。そこで私がケチャップを取り出したのだから大騒ぎだ。彼らの不安はマックスになり「ストップ！　パスタのソースにケチャップなんて使ったらダメだよ！　バカはやめて！」と、慌てて私が手に握っているケチャップの瓶（イタリアでは瓶売り）を奪い取ろうとする。ケチャップがなければナポリタンにはならないので、私も必死になって「いいから、物は試しで食べてみて！」と彼らを説き伏せ、やっとのことであの日本の洋食の「伝統の一品」を完成させることができた。

　皿に盛られたオレンジ色のナポリタンを見つめながら、最初は皆絶望的な表情で黙り込んでいたが、私がさっさとそれを口に運び始めると、一人、そしてまた一人と強張らせた表情のまま食べ始め、そのうちの一人が「あら、思ったほどマズくない」と一言。周りもそれに同調し始め、最終的には全員皿に盛られた分は全て平らげた。「でもまあ、これはイタリア料理ではないよね」という結論ではあったし、もちろんその通りなわけだけど、私は彼らがケチャップに対する偏見を乗り越えてくれたのが嬉しかった。

　ただ一つ物足りなかったのは、日本製のパルメザンチーズが手元になかったことである。あの筒に入ったパルメザンチーズは本家本元のイタリアのパルミジャーノ・レッジャーノとは別ものなのだが、ナポリタンやミートソースにふりかけるのであれば、あれ以外にはない。それからというもの私は、日本へ帰国すると必ずあの筒状のパルメザンチーズを調達して持ち帰るようにしている。

＊

他に「加熱ケチャップ味」でイタリア人に受けた洋食といえば、オムライスがある。これはイタリア人の夫が大好物で、シリアにいた時もポルトガルやアメリカに暮らしていた時も週に一度くらいの割合で作っていたかもしれない。おそらく自分の料理史上最も作った頻度が高いのもオムライスだと思う。

オムライスは、チキンライス自体がすでに「加熱ケチャップ味」であり、さらにそれを卵で包んでその上からもケチャップを掛ける、ケチャップと運命を共にした一品だ。ちなみに私はナポリタンにもオムライスにもタバスコを掛けるのが好きなのだが、夫はさすがにその一線は越えない。彼らはケチャップまでは妥協できても、さすがにそこにメキシコ産のタバスコを掛けるという節操のなさは許せないようだ。

ケチャップ自体もそれこそ世界各地のものを食べてきたが、やはり日本の製品が一番私は美味しいと思っている。ナポリタンやチキンライスを作る場合、加熱することを考慮しているのか、日本製のケチャップがとにかく一番相性が良い。ケチャップと並んで洋食開拓期に普及したものにウスターソースもあるが、これも海外に持って行ってフライやキャベツの千切りに掛けて出せば大体評判はいい。ソース焼きそばも海外の人には好評の日本食らしいが、あれも日本の焼きそば用のソースがあってこその一品であり、イギリス製のソースである「リー・ペリン」ではどうにもならないのである。

そう言えば、あのトランプ大統領は大のケチャップ好きで世界どこへ行くにもケチャップを持参するそうだが、今後もしアメリカ政府との交渉を円滑に進めたいのであれば、日本政府はナポリタンかオムライスであの人を接待してみるのはどうだろう。少なくとも私の作った大して上手でもないナポリタンやオムライスでも、あれだけケチャップを嫌悪するイタリア人たちの心を開くことができたのである。もともとケチャップ好きのトランプであれば、きっと美味しいと思ってくれるだろう。今の大統領としか叶わないであろう「ケチャップ外交」の実現にちょっと期待。

洋食の話

谷崎潤一郎

○

私は糖尿病があるので仕方がなしに洋食を喰うが、しかし旨いと思ったことはめったにない。外国へ行けば知らぬこと、日本でたべて一番うまいのは支那料理、その次ぎが日本料理、――まあここまでは料理と言えるが、洋食と来たら料理のような気がしない。西洋料理と言わないで洋食と言うのが、最も適当な呼び方である。

私の知っている露西亜《ロシア》人で、しかも相当の金持ちの紳士が、フジヤ・ホテルの洋食を褒めていた、かと思うと、横浜のオリエンタル・ホテルの料理を、ワンダフルだと言った亜米利加《アメリカ》人があった。成るほどオリエンタルの料理は旨かったには違いないが、本場の西洋人にさえあれがワンダフルだとすると、西洋へ行っても洋食の旨さは大概あんなものなのじゃないか。仏蘭西《フランス》帰り、亜米利加帰りと称する人々の、何処がうまい、彼処がうまいと言う噂を聞いて、試みに喰いに行って見ても、うまかった例《ためし》は一度もない。洋行帰りの連中の洋食の批評ぐらいマチマチで、アテにならないものはない。此の間独逸《ドイツ》から帰って来た土方君に六甲ホテルで会ったら「近頃の独逸の料理に比べると、此のホテルの方がまだ優《ま》しですよ」と言うことだったが、恐らくそれが本当なのだろう。独逸は特別にひどいのだろうが、元来洋食と言うものがそんなに旨い物じゃないのだ。だから洋行して来た連中は味覚が馬鹿になっているのだ。

○

一体、洋食を喰うには礼儀作法がやかまし過ぎる。（英米人は此の点が殊《こと》に甚《はなはだ》しい。）スープを吸うのに音を立ててはいけない、皿の上へうつむいてはならない、そしてナイフやフォークにも一々使い方があり、三伏《さんぷく》の炎暑にもキチンとした服装で食卓につく。これではいくら旨い物でも身にしみて食う訳には行かない。美食の味は色気やお洒落《しゃれ》をそっちのけにして、牛飲馬食するところにあるのだ。そこへ行くと支那人の方がずっと食うことに徹底している。支那では不潔な、狭苦しい料理屋ほど料理がうまい。部屋の装飾や、衛生設備や、そんなことには頓着しないで、ただ旨い物を喰わせる一方だ。お客も食事中痰を吐いたり、手鼻をかんだり、しゃぶった骨や水瓜の種をペッペッと床へ投げすてたり、凡《およ》そ不行儀の有りッたけを尽してたべる。たべさえすればいいのである。

思うに洋食の特長は、あのすがすがしい、瀟洒《しょうしゃ》とした食堂の気分にあるのだ。真白な磁器、テーブル・クロース、ピカピカ光るガラスや金属製の食器、――あのサッパリした、気持ちのいい色彩でゴマカスのだ。かつて郡虎彦《こおりとらひこ》君と遊蕩に浸っていた時分、

「朝帰りには湯豆腐や蜆《しじみ》汁より洋食を食うのが一番いい。それで気分が一掃される。」

と言っていたのはたしかに至言だ。

○

日本の天ぷらはどっぷりと汁の中へ泳がしてたべるがフライとなると大概食塩を振りかけて食う。洋食の何よりの欠点は水気のないことだ。最初にスープが出るきりで、あとの料理は一様にパサパサしている。ソースにしても醤油《しょうゆ》のような滋味に乏しく、使い方も潤沢でない。亜米利加人は食事の最中に生水を飲むが、水を飲むなどは実に野蛮で、智慧のない骨頂である。

洋食でも極く打ち解けた家庭の料理はいくらかいい。ソースやグレーヴィーもあてがい扶持でなく、お客の好きなだけ何杯でも取らしてくれ、好きな料理はお代りも出来

る。あれだとゆっくり落ち着いてたべられる。それにコックもホテルのコックより上手なのが多く、材料なども費用を吝《お》しまずいい物を使う。家庭の料理を御《ご》馳《ち》走《そう》になると、満更洋食も捨てたものではないと言う気がする。

○

ソースの話で思い出したが、大坂の洋食屋ではライスカレーにしばしばソースを添えて出す。大坂人に聞いて見ると「ライスカレーは甘いものだからソースをかけてたべるのだ」と言う。成るほど大坂のライスカレーには砂糖が入れてあるのである。そして大坂の人たちは「ライスカレーは甘いもの」ときめているのである。

京都にも大坂にも洋食らしい洋食は殆《ほと》んどない。堂々たるホテルの料理でも、東京の一品洋食よりまずいのが多い。少しキタナイ喩えだが、まるでゲロのようにまずまずしいのがある。神戸でさえも横浜よりは劣っている。だから上方の人たちは洋食の味を知らないらしい。そのくせ洋食を食うのが好きで、あのゲロのような料理を平気でムシャムシャたべるのにはビックリさせられる。

京極の近所に村瀬と言う牛肉屋がある。二階と三階ですき焼を食わせ、一階の奥でビフテキを食わせる。そのビフテキが旨いと言う評判なのでたべに行ったが、肉はいい肉を使っていながら、出来上ったものはまるでビフテキとは違ったものだった。

ついでながら、此の村瀬のすき焼はなかなかうまい。そして驚くほど安い。女中やボーイが京都に似合わずハキハキして、気が利いていて、しかもティップは絶対に取らない。一度私が五十銭銀貨を置いて出たら、跡を追っかけて返しに来た。あれであのビフテキを止めてくれたら尚いい店だと私は思う。

○

上方では、上等のビフテキを註文《ちゅうもん》すると肉の上へ生卵をのせて来る。つまりビフテキそれ自身には変りがなく卵がつくだけ上等なのである。そう言えばライスカレーにも卵をのせて来る。

月見そば、月見芋と言うのはあるが、月見ビフテキと月見ライスカレーには閉口する。

○

京都の人は誰もあまり評判しないが、ミヤコ・ホテルの洋食だけは、上方では図抜けてうまい。殊にビフテキが非常にいい。奈良ホテルも、外の料理は感心しないがビフテキだけはちょっとたべられる。上方でビフテキを食おうと思ったら、先ず此の二軒より外になかろう。

○

震災前の東京では、東京會舘のグリルで食わせるテンダーロイン・ステーキがよかった。私は帝劇へ行く度毎に、地下道を通ってあのビフテキを食いに行くのを楽しみにしていた。

が、何と言っても洋食では横浜のオリエンタル・ホテルが一等だった。あすこのビフテキ、――地震で死んだコットさんが拵《こしら》えるシャトオブリアン、それからかながしらとパンとを煮込んだ、サフランの匂のするスープ、――ブヨベースなどは、外では決して食えないものだった。あれならたしかに料理だと言える。コットさんは仏蘭西人だったが、鍋でゴトゴト気《き》永《なが》に煮込むものが上手だった。ああして見ると、仏蘭西の料理だけは所謂《いわゆる》「洋食」ではないのかも知れない。

夏の終り

武田百合子

Ａビルの九階で、いまごろ珍しく秋冬物の大バーゲンセールをやっている、と娘が誘いにくる。

娘は毛のワンピース二万いくらかのを八千円で買った。男物の赤いセーター一万七千円のを四千円だかで買った。御試着は御自由、と拡声器で叫び続けているが、脱衣試着のための部屋はなく、試着したい男女は窓ぎわの壁に行って荷物を足許に置き、手をあげたり踞《かが》んだり、うしろ向きになって腰をゆすったりしている。私は見ただけで何も買わなかった。九階の窓から、骨細工みたいな高層建物と高くなった空を眺めている。今朝、覚めぎわに見た夢は、何でもひどくつまらない夢で、それを思い出そうとして、思いだせない。皇太子とその家族が住む黒ずんだ森が見える。私と同じように、窓から町を眺めているだけの男が二、三人いる。脱いだり着たりしている男女の方へ、ちらちら眼を走らせている。万引監視係らしい。

四階には、スパゲッティ屋、日本料理屋、カツレツ屋などの食堂街があった。蠟細工の見本のオムレツが実においしそうに飾ってあるオムレツ専門店に入った。

香港フラワーの、うそのぶどう棚の下に、白い食卓と椅子の席がある。左のテーブルに女の二人連れ、右のテーブルに男女の二人連れが腰かけている。ロングスカートの女給仕が来て、コップに冷たい水をちょろちょろと注いだ。ピアノ音楽が壁の向うから聞える。革みたいだが、うその革の表紙の大きな献立表をひらいて、オムレツ定食千五百円というのを二つとる。定食千円というのもあったけれど。千五百円のは、スープ、サラダ、パン、オムレツ（中身はビーフ、またはツナ）、コーヒー。千円のには、コーヒーがない。オムレツは、私がビーフ、娘がツナを注文する。女給仕が「ソースは何にいたしましょう。ここにございます」と、献立表の下の方を蚕のような指で押える。「トマトケチャップ」と、献立表を見ないで私は言う。トマトケチャップは当店では使わない。マシュルームソースか、チーズソースのどちらかだ、と女給仕は言う。「あたしはマシュルームソース」と、娘がすました顔をして言う。私も真似する。

左の女二人連れは、向い合って煙草をくゆらしている。右の男女二人連れは、落ちつきはらって口を動かしている。私はテーブル掛けを触る。緑色の花模様のテーブル掛け。下にスポンジか何かが敷いてある。こういう風なのを今度買おう、下敷のスポンジも一緒に買って、この店みたいに本式に掛けよう、と思う。それから、ずらずらと垂れ下っている頭上のぶどうの房を眺める。「こういうオムレツ屋のオムレツは、ただのオムレツじゃないよ。きっとおいしい」と、娘に囁く。「男ってオムレツ好きよ。オムレツとかシューマイとか。むうっとしたもの好きみたい。今度作ってやるかな」娘は結婚して一年になる。

　女二人連れのテーブルに、パンがきた。右の男女の方には、すでにオムレツがきて食べている。姉弟らしい。弟が、九階で買ってきた襟巻《えりまき》やセーターを袋からとり出して、二人して見直している。「これ、××ちゃんにやれば」などと姉が言っている。

　やっと、私たちのところに、パン二切れずつのせた皿と、赤い小鉢が運ばれてくる。赤い小鉢には、黄色くてとろりとしたものが入っている。置くとすぐ、女給仕はロングスカートをさらさらさせて、カギの手を曲っていなくなる。何か運ぶために、引き返したのかと思っていたけれど、それきり出てこない。これ、オムレツのソースかしら。パンのバターかしら。パンにつけて食べてしまったら、オムレツがきたとき困るかな。指でつついて舐めてみる。バターらしい。しかし甘みがある。バターじゃないかもしれない——。

スープがきた。とろりとしている。「の」の字に生クリームがかけてある。冷たくておいしい。あっという間に飲んでしまった。ぼんやりしてしまう。じゃがいものスープだな。

　女二人連れのテーブルに、オムレツが一つのっている大皿と、サラダを盛った大鉢がくる。年増の方がサラダを、若い方がオムレツを食べはじめる。続いて私たちのテーブルにもサラダがくる。女二人連れは、さっきから物静かな口調で途切れることなく会話していたが、料理を口に入れはじめると、全く黙ってしまった。フォークとナイフを握っている指先や手の甲に力がない。老人のようにのろのろと料理をいじっている。サラダの年増のほうは、ナイフとフォークを置き、頬杖をついて眼をつぶってしまった。

　大皿のオムレツ二つ、ついに私たちにもくる。私がビーフである。こういう大きなお皿に、こういうぷるぷると肥《ふと》ったオムレツが、どーんと転がしてあるのがいい感じ。これからは、うちでも、こういう風な大皿で、こういう風に食べよう、と思う。小さいにんじんが二本、いんげんが五本添えてある。フォークとナイフをかまえて、オムレツのはじを切って口に入れる。べつだん、うんとおいしくもない。二度めに切ると、佃煮の塩昆布くらいの四角いビーフが、卵汁にまみれてぬるりと滑り出てきた。舌にのせると、何だかへんな味。噛《か》んでみるとちがったへんな味がしみ出てくる。二口目はソースをかけて食べてみる。もっと妙な味が加わる。「そっちのは、どんな味？」「うん。普通の味」うつむいたまま娘が返事する。三口目を食べる。「何だか、まずいような気がする」「うん。何だか」うつむいたまま娘が返事する。「こういう味のことを、まずい味と言うんじゃないかなあ」「うん」半分食べてとりかえてみる。ツナオムレツも想像とまるでちがう味である。

　男が三人入ってきて、向いのテーブルにつく。三人とも派手な格子縞のズボンだが、職人風の人たちである。短く刈った頭を献立表に寄せ合って相談する。そして黒い開《かい》襟《きん》シャツの顔のきれいな男が代表になって、ロングスカートの女給仕を見上げて、低い声で注文している。あとの二人は、怖々、あたりを見まわしている。

　オムレツを食べていた、女二人連れの若い方が「少し召上《めしあが》る？」と、年増の方に大皿を動かしたら、年増はサラダを口に頬張ったまま、眼を剝《む》き、頬骨を一層高くしたものすごい顔になって、首と手を振り、拒否した。若い方はしおれて溜息をつき、のろのろとフォークとナイフを使いはじめた。

「何だか、口の中がげろの味と匂い」言いにくそうに娘が感想を言う。私は便所に行きたくなって廊下へ出た。

　靴音もたてずに女二人連れが帰った。テーブルに、オムレツとサラダが半分以上残してある。

オムレツが向いのテーブルにきた。職人さんたちは畏まり、にこにこしてオムレツを見つめ、フォークとナイフを取り上げる。やっぱり三口目くらいから元気のない顔になる。

　コーヒーが私たちのテーブルにきた。コーヒーは普通のコーヒーの味がした。ゆっくりとコーヒーを飲んだ。

　颱風《たいふう》が去ったあとの午後の東京。真青な空に、ちぎれちぎれの白い雲が、思いがけない低さのところを、さっさと動いて行く。日光が濃い。夏服の黒っぽいのをひきずり出して身につけ、人は町に出てきて歩いている。

「今日だけ!!」と貼り紙のある店の前に山積みにしてある女靴は、三百五十円である。その中の白と紺の靴二足を代る代る履いて迷っていた五十年配の主婦らしい人が、通りかかった私に、どっちが似合うか、と訊く。白も紺も、甲の部分に赤いヨットが描いてある。両方とも似合っていないのだけれど「紺です」と答える。その人は白がいいと思っていたらしく、不満そうである。

コロッケパンのような人生

椎名誠

この春は強い風が吹いた。春一番にしてはまだ空気が冷たい。朝がた外を吹き抜ける風の音を聞きながらベッドのなかでしばしまどろむ、というのはまことにここちよい。贅沢《ぜいたく》、ということばもチラチラする。

そういうときに出勤しなくていい、というヨロコビはモノカキになって以来ずっとだ。申し訳ない。けれど昨夜は二時まで仕事をしていたのだ。会社員であったら超残業ではないか。妻が旅行中で不在なので、朝食の用意はできてないが、いつ何を食ってもいい、というコトでもある。別に食わなくてもいいのだ。これも自由のうちに入る。

昨夜は気のおけない遊び仲間たちとカキフライで生ビールを飲んでいた。いわゆるひとつの黄金の組み合わせである。ぼくの人生でありがたいなあ、と思うのは二十代ぐらいの若いのから七十代ぐらいの先輩まで各世代に沢山の遊び仲間がいることだ。そいつらと飲むのが一番気楽でいい。十一時まで飲んで、それから自宅で原稿を書きだした。まだ少しぐらいの酔いでは原稿は書ける。

寝るときにヘイエルダールの『コン・ティキ号探検記』のゲラを読んだ。世界中で五千万部も売れたこの素晴らしい探検記が、いま日本では絶版になっている。河出書房新社がそれを新たに文庫版（河出は世界探検全集の十四巻にこれを収録している）として出すのだがその解説を引き受けた。思えばこれまで夥《おびただ》しい数の冒険探検ものを読んできたが、この『コン・ティキ号』が最高に面白い。だから解説を書けるよろこび、というものがある。

ベッドでまどろみながら、ぼくが好んで読んできた本のジャンルごとにナンバー１をあげるとしたらどうなるかな、などということを考える。外は風びゅうびゅう。でも今朝は暇だからね。ＳＦは自分もそのジャンルの小説を書いているからナンバー１を決めるのは大変難しいがブライアン・オールディスの『地球の長い午後』（早川書房）か、リチャード・モーガンの『オルタード・カーボン』（アスペクト）で、新旧極端だ。新しいＳＦというところの僅差で『オルタード』のほうかなあ。

自然科学ジャンルも非常にしぼりこみは難しいが、ナンバー１はわが空気頭にわずかでも「思考の喜び」というものを教えてくれたエドワード・ホールの『かくれた次元』だろうなあ。つい先日ある週刊誌で自然科学本のベスト10をあげたばかり。そのときはライアル・ワトソンの『風の博物誌』（河出書房新社）を上位にしたがポピュラリティの差ととらえていただきたい。

短編小説をひとつ、と言われたら芥川龍之介の『鼻』だな。

映画も好きだからいっぱい見てきた。ナンバー1は何だろう。そうか。ジャック・タチの『ぼくの伯父さんの休暇』も傑作だが、どうしても一本だけならロバート・アルトマンの『ロング・グッドバイ』でキマリ。もう十回ぐらい見たものなあ。音楽はカナダのピアニスト、アンドレ・ギャニオンの『風の道』がいい。ぼくが監督した映画『白い馬』はギャニオンさんに頼んで作曲をしてもらった。いまは亡き筑紫《ちくし》哲也《てつや》さんのニュース番組に三人で出たことがあったっけ。筑紫さんはいつも応援してくれたなあ。

ベッドの隣にある窓に春の風がまだびゅうびゅうぶつかっている。カーテンはあけずに上下の隙間から入ってくる細長い光だけにしている。

好きな飲み物は誰がなんと言おうが言うまいがビールだ。ぼくはこれまでの人生でビールをどのくらい飲んだのだろうか。数字に強いある人に推算してもらったら五十メートルプール三コ分ぐらい、と言っていた。本当だろうか。一人の人生で飲んだ量としては多すぎるのか、え？　そんなもんなの？　とがっかりすべきか。でもビールなんて飲んだのと同じようなものが出ていくだけなのだからなあ。

好きな食い物のナンバー1はなんだろう。歳ごとにいろいろ変わっていったから難しい。一人で勝手に食うときはむかしからずっとコロッケが一番だった。あれさえあれば何もいらない。それは小学生の頃から今に至るまでかわらない。小学生の頃は「コロッケパン」をかじるときが人生のシアワセだった。いまはアツアツの揚げたてコロッケにソースだぼだぼ。それでもって生ビール。

料亭や芸者さんなどには縁がない。日本で一番接待費のかからない作家と言われてきた。これはいいコトなのかなそうでもないのか。世界で一番好きなことはチリの最南端、プンタアレーナスから二百キロぐらいパイネ山塊方向にいったところにあるカルク牧場で、ガウチョたちと自由に馬に乗ることだろうか。キャンプしつつ焚き火で羊一頭を焼く。ガウチョみんなで赤ワインのみほうだい。旅にはかさばるからビールは持っていけない。

日本だと雑魚釣り隊（釣りとキャンプと焚き火宴会フリークの十五人ぐらいの男たち）とタクワン海岸（おれたちの秘密基地）で流木焚き火をかこみ夜更けまでだらだら飲むことだろうか。なんだ、外国も日本も同じことしていたんだ。

春の風はまだびゅうびゅう吹いている。

そろそろ起きる頃だろうか。冬から春にかわっていくことを、朝一番感じるのは、パジャマから部屋着に着替えるときの空気感だろうか。ゆっくり階下のキッチン、リビング兼用のL字型になった部屋のカーテンをあける。まだ窓のガラス戸はあけないでおこう。

この頃は新聞をあまり見なくなってしまった。見たって政治家のつまらない顔が並んでいるだけだからなあ。それよりも顔を洗って屋上にいって、春のびゅうびゅう風に吹かれていたい。『春の数えかた』という本があったなあ。

著者略歴

◎ポタージュと機械　『やわらかなレタス』文春文庫より

江國香織　えくにかおり

一九六四年、東京生まれ。小説家、翻訳家、詩人。『泳ぐのに、安全でも適切でもありません』で山本周五郎賞、『号泣する準備はできていた』で直木賞、『ヤモリ、カエル、シジミチョウ』で谷崎潤一郎賞受賞。その他おもな著作に『落下する夕方』『神様のボート』『間宮兄弟』など。

◎お一人様の牡蠣フライ　『村上ラヂオ2』新潮文庫より

村上春樹　むらかみはるき

一九四九年、京都生まれ。小説家、翻訳家。『風の歌を聴け』で群像新人文学賞、『世界の終りとハードボイルド・ワンダーランド』で谷崎潤一郎賞受賞。その他おもな著作に『ノルウェイの森』『海辺のカフカ』『1Q84』など。二〇〇六年、フランツ・カフカ賞、二〇〇九年、エルサレム賞受賞。

◎私のコロッケ　『紅茶と薔薇の日々』ちくま文庫より

森茉莉　もりまり

一九〇三年、東京生まれ。小説家、随筆家。『父の帽子』で日本エッセイスト・クラブ賞、『甘い蜜の部屋』で泉鏡花文学賞受賞。その他おもな著作に『恋人たちの森』『贅沢貧乏』『ドッキリチャンネル』など。一九八七年没。

◎普通ハンバーグ　『娘の味 残るは食欲』新潮文庫より

阿川佐和子　あがわさわこ

一九五三年、東京生まれ。小説家、エッセイスト。檀ふみ氏との共著『ああ言えばこう食う』で講談社エッセイ賞、『ウメ子』で坪田譲治文学賞受賞。その他おもな著作に『婚約のあとで』『聞く力』など。

◎サラダの謎『中谷宇吉郎随筆集』岩波文庫より

中谷宇吉郎　なかやうきちろう

一九〇〇年、石川生まれ。物理学者、随筆家。世界初の人工雪の製作に成功したことで知られる。おもな著作に『雪』『雪雑記』『中谷宇吉郎集』など。一九六二年没。

◎マカロニサラダ『男の手料理』中公文庫より

池田満寿夫　いけだますお

一九三四年、旧満州生まれ。画家、作家、映画監督など多彩に活躍した芸術家。一九六六年、ヴェネツィア・ビエンナーレ展版画部門で国際大賞を受賞。小説『エーゲ海に捧ぐ』で芥川賞を受賞。その他おもな著作に『コラージュ論』『池田満寿夫全版画』など。一九九七年没。

◎ニコニコのハンバーグ『餃子のおんがえし』晶文社より

じろまるいずみ

長崎生まれ。料理家、エッセイスト。かつて名古屋市新栄で居酒屋「JIROMAL」を経営。執筆活動とともに料理のワークショップを定期的に開催するなど活躍。

◎バンバのオムライス『いのちの食紀行』東京書籍より

立松和平　たてまつわへい

一九四七年、栃木生まれ。小説家、エッセイスト。『遠雷』で野間文芸新人賞、『毒　風聞・田中正造』で毎日出版文化賞、『道元禅師』で泉鏡花文学賞受賞。その他おもな著作に『卵洗い』『浅間』など。二〇一〇年没。

◎ナポリタン『食い意地クン』新潮文庫より

久住昌之　くすみまさゆき

一九五八年、東京生まれ。漫画家、漫画原作者、エッセイスト。おもな漫画原作に『かっこいいスキヤキ』（泉昌之名義）『孤独のグルメ』など。その他おもな著作に『小説中華そば「江ぐち」』など。

◎カツパン健在「あまカラ」1953年5月号　甘辛社より

森田たま　もりたたま

一八九四年、北海道生まれ。小説家、随筆家。おもな著作に『もめん随筆』『きもの随筆』『をんな随筆』など。一九七〇年没。

◎ビーフシチューの話「文藝春秋」2005年1月号　文藝春秋より

庄野潤三　しょうのじゅんぞう

一九二一年、大阪生まれ。小説家。『プールサイド小景』で芥川賞、『夕べの雲』で読売文学賞、『紺野機業場』で芸術選奨文部大臣賞受賞。その他おもな著作に『静物』『明夫と良二』など。二〇〇九年没。

◎二日酔いにオムライスとアサリのみそ汁―ときわ食堂　「宝石」1994年1月号　光文社より

永倉万治　ながくらまんじ

一九四八年、埼玉生まれ。俳優、雑誌編集者を経て作家に。『アニバーサリー・ソング』で講談社エッセイ賞受賞。その他おもな著作に『父帰る 平成元年 大熱血闘病記』『黄金バット』『どいつもこいつも』など。二〇〇〇年没。

◎ミラーボールナポリタン『死にたい夜にかぎって』扶桑社文庫より（一部加筆修正）

爪切男　つめきりお

一九七九年、香川生まれ。小説家。おもな著作に『もはや僕は人間じゃない』『働きアリに花束を』『クラスメイトの女子、全員好きでした』など。

◎ダンシチューと中村遊廓『わが百味真髄』中公文庫より

檀一雄　だんかずお

一九一二年、山梨生まれ。小説家、随筆家。『真説石川五右衛門』で直木賞、『火宅の人』で読売文学賞、日本文学大賞受賞。その他おもな著作に『リツ子・その愛』『夕日と拳銃』など。一九七六年没。

◎浅草の洋食『古い名刺』青蛙房より

安藤鶴夫　あんどうつるお

一九〇八年、東京生まれ。演劇評論家、作家。『巷談本牧亭』で直木賞受賞。その他おもな著作に『落語鑑賞』『寄席紳士録』『わが落語鑑賞』など。一九六九年没。

◎洋食『助六』『旅と味』東京創元社より

戸塚文子　とつかあやこ

一九一三年、東京生まれ。エッセイスト。一九八三年、日本旅行作家協会賞受賞。おもな著作に『旅の眼旅の耳』『日本の旅』『ヨーロッパ三等旅行』など。一九九七年没。

◎いつもこころにオムライス『サンドウィッチは銀座で』文春文庫より

平松洋子　ひらまつようこ

一九五八年、岡山生まれ。エッセイスト。『買えない味』でＢｕｎｋａｍｕｒａドゥマゴ文学賞、『野蛮な読書』で講談社エッセイ賞受賞。その他おもな著作に『おいしい日常』『そばですよ』『下着の捨てどき』など。

◎いまもおんなじ味だあ―コックドール（高知市）ハヤシライス『味憶めぐり』文春文庫より

山本一力　やまもといちりき

一九四八年、高知生まれ。小説家。『蒼龍』でオール讀物新人賞、『あかね空』で直木賞受賞。その他おもな著作に『いっぽん桜』『おらんくの池』『かんじき飛脚』『戌亥の追風』など。

◎洋食衰えず（抄）『ロッパ食談 完全版』河出文庫より

古川緑波　ふるかわろっぱ

一九〇三年、東京生まれ。喜劇役者、随筆家。おもな著作に『あちゃらか人生』『古川ロッパ昭和日記』など。一九六一年没。

◎東京の食べものや―小川軒『舌鼓ところどころ』中公文庫より

吉田健一　よしだけんいち

一九一二年、東京生まれ。英文学者、批評家、随筆家。『シェイクスピア』で読売文学賞、『日本について』で新潮社文学賞、『ヨオロッパの世紀末』で野間文芸賞受賞。その他おもな著作に『甘酸っぱい味』『英国の近代文学』など。一九七七年没。

◎西洋亭『私の食べ歩き』中公文庫より

獅子文六　ししぶんろく

一八九三年、神奈川生まれ。小説家、演出家。『海軍』で朝日文化賞受賞。その他おもな著作に『てんやわんや』『娘と私』『バナナ』『コーヒーと恋愛』（『可否道』改題）など。一九六九年没。

◎ステーキとノコギリ女『おしゃべりな銀座』扶桑社より

寄藤文平　よりふじぶんぺい

一九七三年、長野生まれ。イラストレーター、アートディレクター。『暮らしの雑記帖』『ナガオカケンメイのやりかた』で講談社出版文化賞ブックデザイン賞受賞。おもな著作に『ウンココロ しあわせウンコ生活のススメ』『ラクガキ・マスター 描くことが楽しくなる絵のキホン』など。

◎銀座・資生堂パーラー『散歩のとき何か食べたくなって』新潮文庫より

池波正太郎　いけなみしょうたろう

一九二三年、東京生まれ。小説家、劇作家。『錯乱』で直木賞、『池波正太郎作品集』で吉川英治文学賞受賞。その他おもな著作に「鬼平犯科帳」「剣客商売」「仕掛人・藤枝梅安」シリーズ、『食卓の情景』など。一九九〇年没。

◎カツレツ贔屓『おいしいものでできている』リトルモアより

稲田俊輔　いなだしゅんすけ

鹿児島生まれ。料理人、飲食店プロデューサー。和食、ビストロ、インド料理など多ジャンルの飲食店の展開に尽力。おもな著作に『人気飲食チェーンの本当のスゴさがわかる本』『南インド料理店総料理長が教える だいたい15分！本格インドカレー』など。

◎銀座の食の物語『おいしい記憶』中央公論新社より

宮本亞門　みやもとあもん

一九五八年、東京生まれ。演出家。一九八七年「アイ・ガット・マーマン」で演出家デビュー、同作で文化庁芸術祭賞受賞。ミュージカル、オペラ、歌舞伎などジャンルを問わず演出し国内外で広く活躍。おもな著作に『上を向いて生きる』など。

◎晴れの洋食『いつも食べたい!』ちくま文庫より

林　望　はやしのぞむ

一九四九年、東京生まれ。小説家、国文学者。『イギリスはおいしい』で日本エッセイスト・クラブ賞、『林望のイギリス観察辞典』で講談社エッセイ賞、『謹訳　源氏物語』で毎日出版文化賞特別賞受賞。その他おもな著作に『ホルムヘッドの謎』『謹訳平家物語』など。

◎さらばハムサラダ『アンパンの丸かじり』文春文庫より

東海林さだお　しょうじさだお

一九三七年、東京生まれ。漫画家、エッセイスト。『タンマ君』『新漫画文学全集』で文藝春秋漫画賞、『ブタの丸かじり』で講談社エッセイ賞受賞。その他おもな著作に食エッセイ「丸かじりシリーズ」、漫画作品に『サラリーマン専科』『アサッテ君』など。

◎Stewed Beef『パイプのけむり選集 食』小学館文庫より

團伊玖磨　だんいくま

一九二四年、東京生まれ。作曲家、エッセイスト。交響曲、歌劇、歌曲から映画音楽や童謡までを手がける日本を代表する音楽家。人気エッセイ「パイプのけむり」は37年もの長期連載を果たした。二〇〇一年没。

◎日本の「洋食」とはケチャップである『パスタぎらい』新潮新書より

ヤマザキマリ

一九六七年、東京生まれ。マンガ家、エッセイスト。『テルマエ・ロマエ』でマンガ大賞２０１０、手塚治虫文化賞短編賞、『スティーブ・ジョブズ』などで芸術選奨文部科学大臣新人賞（メディア芸術部門）受賞。その他おもな著作に『国境のない生き方』『ヴィオラ母さん』『ムスコ物語』など。

◎洋食の話『谷崎潤一郎全集 第十一巻』中央公論新社より

谷崎潤一郎　たにざきじゅんいちろう

一八八六年、東京生まれ。小説家、随筆家。耽美的かつ高い理論性を保つ美しい文体で知られる。『瘋癲老人日記』で毎日芸術賞受賞。その他おもな著作に『痴人の愛』『春琴抄』『陰翳礼讃』『細雪』など。一九六五年没。

◎夏の終り『ことばの食卓』ちくま文庫より

武田百合子　たけだゆりこ

一九二五年、神奈川生まれ。随筆家。作家・武田泰淳の妻。泰淳没後、富士山麓の山荘で過ごした日々を綴った『富士日記』でデビュー。その他おもな著作に『犬が星見た―ロシア旅行』『日日雑記』など。一九九三年没。

◎コロッケパンのような人生『さらば新宿赤マント』文春文庫より

椎名誠　しいなまこと

一九四四年、東京生まれ。小説家、エッセイスト、映画監督、写真家。『犬の系譜』で吉川英治文学新人賞、『アド・バード』で日本ＳＦ大賞受賞。その他おもな著作に『岳物語』「あやしい探検隊」シリーズ、『ぼくがいま、死について思うこと』など。

◉編集部より

本書は、著者による改稿とルビを除き、底本に忠実に収録しております。収録作品のなかには、一部に今日の社会的規範に照らせば差別的表現あるいは差別的表現ととらえられかねない箇所が見られますが、作品全体として差別を助長するようなものではないこと、著者が故人であるため改稿ができないことから、原文のままとしました。

おいしい文藝《ぶんげい》

にっこり、洋《よう》食《しょく》

二〇二二年一一月二〇日　初版印刷
二〇二二年一一月三〇日　初版発行

著　者
江國《えくに》香織《かおり》、村上《むらかみ》春樹《はるき》、森《もり》茉莉《まり》、阿川《あがわ》佐和子《さわこ》、
中谷《なかや》宇吉郎《うきちろう》、池田《いけだ》満寿夫《ますお》、じろまるいずみ、
立松《たてまつ》和平《わへい》、久住《くすみ》昌之《まさゆき》、森田《もりた》たま、庄野《しょうの》潤三《じゅんぞう》、
永倉《ながくら》万治《まんじ》、爪切男《つめきりお》、檀《だん》一雄《かずお》、安藤《あんどう》鶴夫《つるお》、
戸塚《とつか》文子《あやこ》、平松《ひらまつ》洋子《ようこ》、山本《やまもと》一力《いちりき》、古川《ふるかわ》緑波《ろっぱ》、
吉田《よしだ》健一《けんいち》、獅子《しし》文六《ぶんろく》、寄藤《よりふじ》文平《ぶんぺい》、池波《いけなみ》正太郎《しょうたろう》、
稲田《いなだ》俊輔《しゅんすけ》、宮本《みやもと》亞門《あもん》、林《はやし》望《のぞむ》、東海林《しょうじ》さだお、
團《だん》伊玖磨《いくま》、ヤマザキマリ、谷崎《たにざき》潤一郎《じゅんいちろう》、
武田《たけだ》百合子《ゆりこ》、椎名《しいな》誠《まこと》

編　者　杉田淳子、武藤正人（go passion）
発行者　小野寺優
発行所　株式会社河出書房新社
〒一五一-〇〇五一
東京都渋谷区千駄ヶ谷二-三二-二
〇三-三四〇四-一二〇一［営　業］
〇三-三四〇四-八六一一［編　集］
https://www.kawade.co.jp/

組　版　株式会社創都
印　刷　株式会社暁印刷
製　本　加藤製本株式会社

ISBN 978-4-309-03008-1　Printed in Japan